KB164887

가해자는 울지 않는다

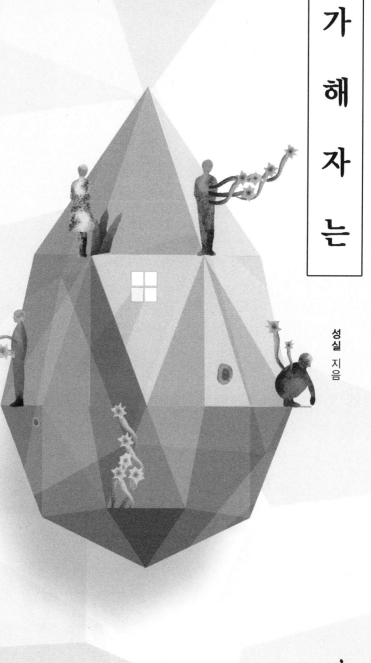

가 해 자 는

울 지 · 않 는 다

성실 지음

다른

차례

프롤로그

00

뜨거운 한낮, 나는 이글거리는 아스팔트에 쪼그려 앉아 한곳만 뚫어져라 바라보고 있었다. "빨리 와" 하고, 저 멀리 가던 엄마가 돌아와 내 팔을 잡아끌 때까지. 그러면서 엄마는 내가 내려다보던 것을 흘끔 돌아보곤 조그맣게 말했다. "징그럽게……."

내가 보고 있던 것은 거칠한 아스팔트에 짓이겨져 그 표면 사이사이 내장이 박혀 버린 메뚜기였다. 그 곤충은 그래도 풀밭으로 돌아가겠다고 아직 싱그러운 녹색의 다리를 휘적휘적 젓고 있었다. 하지만 소용없는 짓이었다. 아스팔트에서 아지랑이가 피어오르던 그날, 그렇게 나는 흙으로 돌아가지 못한 메뚜기를 보았다.

━
01

'큰일 났다' 하는 생각이 머릿속을 가득 메웠다. 그 단어가 너무 크게 들어차 버려서 곧 머리가 뻐근하게 죄어 왔다.

"아……." 옆에 있던 친구가 본능적인 몸짓으로 튀어 오르듯 달려가서는 아래를 내려다보았다. 다른 친구는 "웩" 하며 뒷걸음질로 물러났다. 또 다른 친구는 제자리에 멈춰 선 채 오도 가도 못하고 덜덜 떨기만 했다.

앞으로 나가서고 뒤로 물러나는 대열 속에서, 나는 무거운 발을 한 걸음씩 옮겼다. 한 손을 들어 입을 틀어막고 천천히 옮긴 걸음 끝에 닿은 것은 한낮의 메뚜기. 아니, 이제는 날이 풀려 선선해진 가을날의 이삭. 그래, 열매를 맺어 떨어졌어야 할 이삭. 그 이삭이 채 낟알도 맺지 못한 채 떨어져 내려 토도독거리는 작은 알갱이로 아스팔트를 가득 메우고 있었다. 아스팔트가 피 알갱이로 가득 찼다.

아직도 꿈에, 아니 깨어 있을 때조차 눈앞에 불쑥불쑥 나타나곤 하는 광경이다. 잊지 못할 광경…….

한 친구는 뒤편에서 헛구역질을 하고, 다른 둘은 평소답지 않게 겁에 질려 덜덜 떨고 있었다. 내 뇌에서는 쿵쿵쿵 하는 북소리가 계속해서 들려왔다. 뇌가, 심장이, 둥둥거리며 요동치고 있었다. 그 소리가 너무 시끄럽게 몸 전체를 울리는 통에 정신이 하나도 없었다. 금방이라도 구토가 나올 것만 같았다. 그저 못 박힌 듯이 서 있을 수밖에 없었다. 눈앞이 자꾸만 어지럽게 흔들려 한 발자국이라도 걸음을 옮겼다가는 속에 있는 모든 것을 게워 내게 될 것만 같았다. 옥상의 바람을 따라 뒤편에서 풍겨 오는 친구의 토사물 냄새에 그런 상태는 더 심해졌다. 그때 동우의 목소리가 귓가로 꽂혀 들어왔다. 동우는 격양되어 이상하게 어긋난 목소리로 우리에게 외쳤다.

"이, 일단 내려가! 내려가 보자!"

그래, 그 말엔 모두가 동의했다. 하지만 아무도 발걸음을 떼지 못했다. 10미터쯤 떨어진 상공에서 내려다보아도 무서운 장면을 가까이 다가가 보고 싶은 사람은 없을 것이다. 잔인하지만 그것이 현실이었다. 그러나 동우가 앞장섰고, 우리는 한때 그랬듯이 동우 뒤를 따랐다.

그렇게 무거운 발걸음을 내디뎠지만 내가 할 수 있는 것은 그저 확신뿐이었다. 죽음에 대한 확신. 이미 그것은 살아 있다고 여겨지지 않을 만큼 차가운 분위기를 풍기고 있었다. 열다섯 살의 나는 아직 시체라는 것을 본 일이 없었지만, 몸속에 숨어 있는 무엇인가가 본능적으로 저것에 접근하지 말라는 경보를 보내고 있었다. 본능은 이렇게 말했다. 이미 죽었다고. 우리 사이에 침묵이 감돌았다. 우리가 구급차를 부른 것은 약 10분 뒤였다.

지금 돌이켜 보면 그런 생각이 든다. 왜 동우의 첫마디는 "구급차를 불러!"라는 다급한 외침이 아니었을까? 나는 왜 당장에 휴대전화를 꺼내 들지 않았을까? 조금 더 일찍 불렀더라면 어떻게 되었을까?

그 아이는 그 순간 바로 죽어 버렸던 것이 맞았을까? 혹시 몇 분쯤은······.

1부

우리는 모두 목격자였고

노을이 지고 있었다. 불을 켜지 않은 방 안도 지는 해를 따라 서서히 함께 어둠을 맞이하고 있었다. 아든은 바로 그 방 안에 있었다. 많이 어리고 미숙했던 아이. 그 아이가 방 한가운데 덩그러니 놓인 걸상에 앉아 있었다. 맞은편에서는 한 남자가 벽에 기대어 선 채 아든을 가만히 바라보고 있었다. 긴 침묵 속에 노을이 지며 방을 더 어둡게 만들고, 그사이 한 줄기 빛이 아든의 얼굴을 비추자 아든의 검은 눈동자가 순간 갈색으로 빛났다. 그때였다. 긴 침묵을 깨고 아든이 입을 연 것은.

"정말, 전부 다 얘기해도 되는 거죠?"

"그럼. 여기에 널 탓할 사람은 아무도 없어. 너와 나 둘뿐이잖니."

아든이 망설이듯 꺼낸 질문에 남자는 흔쾌히 답해 주었다. 그럼에도 아든은 오랜 시간을 머뭇거렸다. 그러다가 갑작스럽게 무언가 결심한 듯, 숙이고 있던 고개를 들고 입을 열었다.

"전부 이야기할게요……."

남자는 약하게 한숨을 쉬며 창밖을 바라보았다. 이제 노을은 거의 저물어 방 안에 들었던 한 줄기 빛은 아든의 얼굴을 지나 남자가 서 있는 쪽의 바닥에 가 있었다. 남자는 바닥에 드리운 빛 줄기를 발로 살짝 밟고 섰다.

"네가 본 것, 한 것, 겪었던 일을 하나도 빠짐없이 들려줘. 난 도중에 네 이야기를 끊지 않고, 그저 여기 서서 가만히 듣고만 있을 게. 과장도, 거짓도, 숨김도 없이, 솔직하게 전부 이야기하는 거야. 할 수 있겠니?"

"네, 이야기할게요. 대신 다 듣고 나면……."

아든은 고개를 숙여 책상을 바라보다가 이내 남자 쪽으로 시선을 옮기며 입을 열었다.

"저를 진짜 나쁜 새끼라고 생각해 주세요."

*

그때는 겨울이었어요. 지금처럼 엄청나게 추운 날이 아니라, 서서히 추워지던 때…….

사람들이 저희 같은 아이들한테 많이들 하는 소리 있잖아요. 어떻게 조그만 것들이 그렇게 잔인한 짓을 할 수 있지? 어떻게 같은 또래 친구를 그렇게나 잔혹한 수법으로 괴롭히고, 심각할 정도로 폭력을 가할 수 있을까? 하는 것들 말이에요. 저도 비슷한 생각을 하고 있었어요. 어쩜 '쟤들은' 저렇게나 잔인한 걸까, 하고 말이에요. 그땐 그렇게 생각했던 것 같아요. 잔인한 건 그 아이들 이라고. ……나는 아니라고요.

저는 학교에 꽤 친구가 많은 편이었어요. 진짜 친구라고 할 수 있을지는 모르겠지만, 어쨌든 같이 몰려다니는 아이들은 정말 많았어요. 열 명에서 스무 명 정도. 정말 평범하게 노래방에 가서 노래를 부르기도 하고, 패스트푸드점에 우르르 몰려가 시끄럽게 떠들며 햄버거를 먹기도 했죠. 그러다 가끔 돈이 부족하다 싶을 땐, 우리 무리에 끼고 싶어 안달인 지질한 애를 하나 잘 꼬드겨 데리고 다니면 그만이었죠. 동우가 '지질이'한테 싫증을 내면 적당히 둘러대 돈만 받아 내고 돌려보냈고요. 그 돈으로는 놀이터에 모여 앉아 술을 마시고 담배를 피웠어요. 그런데도 동우의 눈에 들고 싶어 늘 주머니를 두둑이 채우고 다니는 아이들이 정말 많았어요. 놀이터에 우글우글 모여 앉아 술을 마시고 있자면 묘한 우월감이 생기기는 했으니까…….

우리는 부족한 게 없었어요. 돈도, 친구도, 즐길 거리도 많았죠. 심지어 추운 날에도 이만큼이나 몰려다니다 보면 춥다는 생각이 들지 않았어요. 하지만 아마 그건 우리만의 생각이었겠죠. 우리한테 이용당하고 괴롭힘을 당했던 그 아이들이 시끄럽게 떠들며 노는 우리의 모습을 멀찌감치서 바라보다가 혼자 집으로 돌아가는 걸 어쩌다 보기라도 하면, 기분이 썩 좋지는 않았어요.

그리고 우리 무리는 그런 사실을 아주 잘 알고 있었어요. 몰랐던 것도, 알면서 모르는 체했던 것도 아니고, 대놓고 그걸 의식하며 즐기고 있었죠. 그들과는 다른 우리의 지위에 우월감을 느끼면서.

"5만 원?"

"여기 사람이 몇 명인데! 이걸로는 한 사람당 만 원씩도 안 돌아가."

"야, 전부 까 봐."

아이는 아무 말 없이 자신의 옷을 꾹 움켜쥐었다.

"……."

하지만 아이들은 그 정도 저항도 허락하지 않았다.

"야, 야, 벗겨, 벗겨!"

일은 청소 시간에 학교 뒤편에서 벌어졌다. 건물 밖 수돗가에서 아이들과 이야기를 나누던 나는, 동우와 친구들 대여섯 명이 무리를 이루어 반에서 조금 뒤처지던 한 아이를 끌고 가는 익숙한 모습을 보았다. 청소를 하고 있었는지 아이는 아직도 빗자루를 쥔 채 동우의 손에 힘없이 이끌려 건물 뒤로 돌아 들어가고 있었다. 이미 이런 상황이 익숙한 듯 무기력한 얼굴로 고개를 푹 숙인 채였다. 동우와 눈이 마주치자 나 역시 익숙하게 무리의 뒤를 따라갔다.

선선한 가을 날씨가 쭉 이어지다가 아직 겨울이 오려면 멀었는데도 급작스러운 한파가 예보되었던 날이었다. 그 아이는 두툼한 점퍼 차림이었다. 아마도 집을 나설 때 부모님이 "오늘 추우니 이

거 입고 가" 하며 챙겨준 옷이리라. 그러나 부모님의 사랑이 담긴 점퍼는 이미 벗겨지고 탈탈 털려 흙바닥을 뒹굴고 있었다. 이어서 다음 차례로 교복 재킷이 벗겨져 나갔고, 아이는 얇은 셔츠만 걸친 채 추위 때문인지 두려움 때문인지 약하게 떨고 있었다. 이곳에 존재하는 모두가 얇은 셔츠 차림이었지만, 한쪽 무리는 멋을 부리기 위해서였고, 강제적으로 그런 모습이 된 건 딱 한 사람뿐이었다. 그래서인지 무리는 추운 줄도 모르고 당당한 자세로 서 있는 반면, 같은 차림새임에도 그 아이는 더욱 움츠러들었다. 아이들은 그런 모습이 즐거운지 계속 낄낄대며 웃었다. 나는 그저 건물 끝에 기대어 앉아 바라보고만 있었다.

"전부 까 봐"라는 말에, 이제 몇몇 아이들 손이 아이의 바지 주머니로 들어가기 시작했다.

"오, 자식, 너 남자다?"

무리 중 누군가 아이의 주머니를 뒤지다가 짐짓 놀란 듯 그렇게 말했고, 그 말과 행동이 우스운지 지켜보던 무리는 웃음을 터뜨렸다. 나도 모르게 전염된 웃음에 나 역시 피식하고 미소를 지을 뻔했지만 재빨리 다시 인상을 쓰며 다른 쪽으로 고개를 돌려 버렸다.

사실 난 누군가를 괴롭히는 행위를 즐기지 않는다. 좋아하는지 싫어하는지, 둘 중 하나를 군이 선택하라고 한다면 싫어하는 쪽이었고, 솔직하게 말하자면 그냥 관심이 없었다. 이런 골치 아픈 무리에 끼게 된 건, 그저 어쩌다 친구가 된 동우가 '이런 짓'을 즐겨 하는 아이였기 때문이다. 그랬기에 늘 마지막에 이를 즈음에는 결국 인상을 쓰고 고개를 돌려 버렸지만, 그래도 굳이 나서서 동우를 말리지는 않았다.

죄책감이 없었던 걸까? 아니, 그보다는 학교 안에서는 이미 당연한 일로 자리 잡아 버린 이 행동들이 '잘못된 일'이라는 사실을 잊은 지 오래였던 것 같다. 괜히 아이들을 말리려고 나섰다가는 장난일 뿐인데 진지하게 받아들인다며 놀림을 받기 딱 좋기도 했고.

무리를 피해 돌린 시선에 닿은 것은 건물 사이로 보이는 운동장이었다. 다른 아이들은 그곳에서 산책을 하거나 운동을 하고 있었다. 운동하는 아이들의 고함 소리와 웅성거림이 참 멀리서도 들리는 것 같았다.

그때, 건물 사이로 들이치던 햇빛이 사라지며 어둑해지는가 싶더니 내가 보고 있던 풍경을 막아선 어떤 형체가 눈에 들어왔다. 처음 보인 것은 감색 교복 재킷이었고, 이어 나풀거리는 교복 치마가 시야에 잡혔다. 이런 외진 곳에 등장한 여자아이의 모습에 약간의 호기심이 일어 시선을 오래 두고 있었지만, 좁은 건물 사이로 아른아른 움직이는 탓에 그 형체가 잘 들어오지 않아 나는 눈을 살짝 찌푸린 채 그쪽을 응시했다. 그러자 옆에 있던 남순이 내 시선을 따라 같은 쪽을 바라보았다.

"뭐야, 거기 뭐 있어?"

"아니⋯⋯. 어?"

"헉, 야! 튀어!"

"아이 씨, 뭐야?"

순식간에 벌어진 일이었다. 아무 생각 없이 바라보던 여학생의 형체는 어느덧 사라지고, 건물 사이에 생활지도부장 선생님의 모습이 나타났다. 선생님은 곧 우리를 발견하고는 "거기!" 하고 소리를 치며 이쪽으로 오기 시작했다. 엇 하는 사이 우리에게 달려오는 선생님을 발견한 다른 아이들도 "튀어!" 하고 외치며, 피우던 담배를 던져 버리고 괴롭히던 아이는 바닥에 내팽개친 채 재빠르게 반대 방향으로 튀어 나갔다. 나도 물론 순식간에 구석에서 몸을 일으켜 그들을 따라 달렸다.

바닥에 쓰러져 있는 아이를 스치고 지나가는 순간, 아이의 표정이 눈에 들어왔다. 아이는 안도하는 얼굴도, 그렇다고 서러워하는 얼굴도 아니었다. 그저 붉어진 얼굴로 고개만 숙이고 있었다. 나는 빠른 속도로 흙바닥을 치고 나가느라 어쩔 수 없이 눈앞에 놓인 아이의 점퍼를 발로 콱 밟고 말았다.

덕분에 발이 죽 미끄러지며 몸이 앞을 향해 빠르게 튀어 나갔고, 내가 밟은 자리에서는 흙이 튀어 올라 점퍼 위로 후드득 떨어져 내렸다.

그 소리를 들으며, 난 뒤도 돌아보지 않고 내달렸다.

"야, 헉, 헉⋯⋯ 나 더는 못 뛰어⋯⋯."

"하…… 근데 뛰어 봐야 무슨 소용이지?"

나와 나란히 달리던 남순이 내 어깨를 잡으며 멈춰 섰고, 나도 따라 걸음을 멈췄다.

"그래도 당장은 도망칠 수 있잖아."

남순은 숨을 거칠게 몰아쉬며 씩 웃더니 그렇게 말했다. 과연 도망간다고 무슨 소용이 있겠냐만, 남순의 말대로 당장 무서운 선생님을 맞닥뜨려 잔소리를 듣는 것보다는 나았다. 나는 남순의 말에 동의하며 말없이 고개를 끄덕였다.

남순과 나는 우리끼리 종종 찾곤 하는 구관의 문을 열고 들어가 문에 붙어 있는 불투명한 시트지 사이로 밖을 살폈다. 어디에서 누가 튀어나올지 몰라서 그런지, 아주 작은 틈으로 보이는 밖의 풍경이 긴장감을 자아냈다. 우리는 한동안 숨을 몰아쉬며 침묵 속에서 호흡을 가다듬었다.

"네가 먼저 나갈래?"

한참 헉헉대던 호흡이 조용해지더니 침묵을 깨고 남순이 입을 열었다. 나는 그런 남순을 바라보고는 손바닥을 위로 들어 문밖을 가리키며 정중하게 말했다.

"아니, 네가 먼저 밖으로 나갈 수 있는 기회를 줄게."

"야, 네가 먼저 나가!"

"……그럼, 가위바위보?"

"좋아, 가위…… 바위…….'

"보!"

"보!"

남순은 보, 나는 주먹이었다. 자고로 남자는 주먹이라는데…….
어쩔 수 없이 나는 침을 꿀꺽 삼키고 먼저 조심스럽게 구관의 슬
라이드 문을 옆으로 밀었다. 문은 끼익하는 소리도 없이 조용히
열렸다. 나는 고개를 빼꼼 내민 다음 뒤에 있는 남순을 한 번 돌
아보고 구관을 빠져나왔다. 그 뒤를 이어 남순이 열린 문틈으로
숨어 밖을 살폈다.

남순을 뒤로한 채 나는 혼자서 교실로 향했다. 생각해 보니 어
차피 다들 수업을 듣기 위해 결국 교실로 돌아갈 수밖에 없었다.
지금까지 남순과 죽자 살자 도망친 것이 우습게 느껴져 혼자 킥
킥 웃어 버렸다.

"어이, 거기 너! 이리로 와!"

2학년 교실이 있는 건물로 향하던 중, 예의 생활지도부장 선생
님을 맞닥뜨렸다. 선생님은 척 보기에도 살벌하게 생긴 나무 막
대기를 손에 들고는 팔짱을 낀 채 건물 앞을 지키고 서 있었다.

생김새와 달리 머리를 좀 쓸 줄 아는 모양이었다. 아니나 다를
까, 먼저 교실로 돌아가려 했던 아이들 몇이 이미 잡혀 그 옆에
서 있었다. 그도 그럴 것이, 동우와 어울리는 무리라면 정해져 있
는 데다, 학교에서 꽤나 유명했다. 선생님이 우리 얼굴을 보지 못
한 것도 아니니 굳이 이렇게 교실 앞을 막아서고 있지 않았더라

도 손쉽게 무리를 잡아낼 수 있었을 터였다. 나는 머뭇머뭇 선생님 앞으로 다가갔다.

선생님은 '그래 봤자 부처님 손바닥이지' 하는 듯한 미소를 지으며 나를 향해 손짓했다. 나는 뻘쭘히 다가가 죽 서 있는 학생들 옆에 자리를 잡고 섰다. 곧 예상했던 대로 남순이 쭈뼛거리며 그 앞에 나타나 나와 같은 과정을 거쳐 내 옆에 서게 되었다. 나는 그런 남순을 보며 킥킥거렸다. '우씨' 하는 남순이의 입 모양이 보였다.

"웃어? 너희들 이 상황에도 웃음이 나와!"

"……."

"이것들이 잘못한 줄을 모르고……. 혼이 나 봐야 정신을 차리지!"

난 순식간에 웃음을 멈추고 입술을 말아 꾹 닫았다. 결국 현장에 있던 여섯을 모두 색출한 선생님은 우리를 교무실로 데리고 갔다. 수업 종이 울리기 시작했지만 선생님은 그 소리를 무시했다. 우리를 교실로 돌려보낼 생각이 없는 것 같았다. 다 함께 꼼짝없이 교무실로 끌려가던 중, 마침 교무실에서 나오던 아이와 마주쳤다. 우리의 시선은 자연스레 복도에 홀로 선 그 아이에게 가닿았다.

"어딜 쳐다봐? 다들 고개 숙여!"

선생님이 들고 있던 막대기로 복도의 벽을 큰 소리가 나도록 탕탕 치는 바람에, 우리는 그 아이에게 더 이상 시선을 주지 못한 채 나란히 교무실로 끌려 들어갔다.

그러나 마지막 순서로 교무실에 들어서며 뒤를 돌아본 나는 그것을 보았다. 교실로 돌아가는 아이의 등 뒤에 선명히 찍힌 흙빛 발자국. 털어도 잘 지워지지 않는 발자국이 아직도 흐릿하게 그 아이의 옷에 남아 있었다. 순간 소름이 돋았다. 그 소름의 정체는, 재미있는 놀이라도 하고 있는 양 웃고 장난을 치던 나 자신을 향한 놀라움이었다.

03

처음 무리가 그 애를 알게 된 건 그 사건 때문이었어요. 그날 저희는 한 아이를 잡아다가 돈을 빼앗고 있었어요. 그 애가 우연히 그 모습을 보고는 우리 있는 쪽으로 선생님을 불러왔던 거죠. 다들 달려 도망갔지만 금방 선생님께 잡혔어요.

정말 안 좋은 일이었어요.

물론 잡힌 다음에는 부모님께 그 사실이 알려지고, 학생 위원회가 열리고, 사회봉사 처분을 받았어요. 우리의 행위가 발각된 게 처음이라 다행히 더 심한 처분이 내려지진 않았어요. 사실 우린 상습적으로 그 애의 돈을 빼앗았고 때린 적도 있지만, 더한 조사 없이 사건이 끝났어요. 나중에 들어 보니 그 애는 선생님께 아무 말도 하지 않았다고 하더라고요. 그 덕에 심각한 처벌 없이 그 정도에서 일이 마무리되었던 거죠. 그 애에게 원망이 들면서도, 지금 생각하면 한편으론 궁금하기도 해요. 왜 그때 우리가 했던 짓에 대해 전부 알리지 않았던 걸까요?

이 일이 정말 안 좋은 일이었다고 말씀드렸죠? 정말 그랬어요. 봉사 처분을 받아 제 친구들이 화가 난 것도, 그리고 봉사 처분'밖에' 받지 않았던 것도, 모두 안 좋은 일이었어요.

아이들은 분노의 대상을 바꾸기 시작했어요. 그도 그럴 게, 정작 우리가 괴롭혔던 아이는 우리가 한 짓을 선생님께 말씀드리지 않고 가만히 있었잖아요. 이유야 무엇이었든 우리로서는 고마워해야 마땅한 일이었죠. 원흉은 따로 있었어요. 맞아요. 이번 일은 그 애, 수아에게 정말 안 좋은 일이었어요.

*

"아든, 너 봤지?"

쌀쌀한 겨울 냄새가 피어오르고 떠들썩한 학교도 휑하게 만들어 버리는 그런 날씨가 시작될 무렵이었다. 불어오는 바람에서 나던 겨울 냄새와 고요함에 젖어들던 학교의 분위기가 어렴풋이 떠오른다. 벌로 찬바람을 맞으며 거친 나무 빗자루로 낙엽을 쓸어내고 있을 때, 그나마 무리에서 나와 곧잘 어울리며 대화다운 대화를 주고받곤 하는 남순이 씩 웃으며 다 안다는 듯 물어 왔다. 나는 나무 빗자루를 수직으로 세워 지지대로 삼고는 바닥에 쪼그려 앉아 낙엽들을 한 움큼씩 으스러뜨리고, 또 쥐어 으스러뜨리며 무심하게 대꾸했다.

"아니, 못 봤는데, 남순둥아?"

남순이 뭘 봤냐고 묻지는 않았지만, 그날 좁은 건물 사이로 순간 펄럭이던 교복 치마를 떠올리며, 나는 잘게 찢긴 채 손에 남아 있는 낙엽 조각들을 박수하듯 탁탁 쳐서 털어 냈다. '순둥이'라고 불린 남순이는 성질 난다는 표정으로 눈살을 찌푸리며 날 바라보았다.

"아, 어쨌든 어젠 엄마한테 죽을 뻔했어. 내가 널 그렇게 키웠냐며 잔소리를 늘어놓는데, 휴, 엄마랑 거실에 앉아서 세 시간은 이야기한 것 같아. 아니, 세 시간 동안 잔소리를 들은 거지."

이번 사건이 부모님께 알려지는 통에 고충 아닌 고충을 겪은 남순은 그렇게 푸념하며 고개를 절레절레 저었다. 그러고는 심심한지 잔뜩 끌어모아 작은 동산을 이루어 놓은 낙엽을 발로 차 무너뜨렸다. 열심히 긁어모았던 낙엽들이 사르륵 소리와 함께 흩날리는 모습을 나는 무표정한 얼굴로 지켜보다가 남순에게 다가가 목에 헤드록을 걸었다.

"다시 주워 담아라."

"아, 항복, 항복!"

"남자 사전에 항복이 어디 있어."

"아, 난 있어! 항복이라고! 항복! 알겠어, 다시 줍는다고!"

남순은 그런 나의 장난에 웃음을 터뜨렸고, 불편했던 대화 주제를 다른 곳으로 돌리는 데 성공한 나는 더욱 과장스럽게 남순의 머리를 쥐어박았다.

하지만 남순의 짜증은 차라리 귀여운 축에 속했다. 더 큰 문제는 다른 곳에 있었다. 이번 사건으로 우리보다 심한 처벌을 받은 사람은 늘 무리를 주도하고 누군가를 괴롭히는 일에 앞장섰던 무리의 대장, 동우였다. 주범으로 몰린 동우는 다른 아이들보다 더 엄중한 처벌을 받았다. 하지만 문제는, 그 처벌이 동우가 더 이상 사고를 치고 다니지 못하게끔 막아설 만한 강도는 아니라는 사실이었다.

"씨바, 일러바친 새끼 만나면 진짜 가만 안 둔다."

다음 날 얼굴에 커다란 멍과 흉터를 달고 온 동우가 한 말이었다.

"야, 너 얼굴이⋯⋯. 괜찮냐?"

무리의 누군가가 동우의 얼굴을 보고 인상을 찌푸리며 물었다. 아직도 피딱지가 붙어 있는 동우의 이마와 입술은 슬쩍 보기에도 무진장 아플 것 같았다.

"썅, 닥쳐. 다시 생각나서 짜증 나니까⋯⋯. 우리 아빠 성격 알 잖아, 지랄맞은 거. 이거 완전 아동 학대라니까?"

투덜대듯 말을 잇던 동우도 마지막에 가서는 자신의 말이 우스운지 피식 웃었다. 그러자 무리 역시 동우를 따라 조금씩 웃었다.

"아, 이걸 확 신고해? 신고해 버려? 야, 동우야, 너희 아버지 내가 신고해도 괜찮냐?"

"미친 새끼."

무리는 그렇게 장난을 치며 낄낄거렸다. 동우도 어느새 아무 일도 없었던 듯 웃고 있었다. 나 또한 남순과 나란히 구석에 앉아 무리의 우스운 대화에 조용히 낄낄댔다. 동우가 다시 신경질을 내며 어제의 일을 꺼내기 전까지는.

"아, 하여간 어떤 새낀지 그놈만 아니었으면 아무 일도 아니었던 건데. 짜증 나네……. 아든, 너는 누군지 봤어?"

불똥이 갑작스럽게 내게로 튀었다. 난 급히 입을 여느라 조금 이상하게 튀어나오는 목소리로 되물었다.

"뭐가?"

"네가 건물 뒤에 있던 사람 제일 먼저 봤다며. 어떤 자식이야?"

"글쎄 너무 멀어서 누군지는 안 보였는데. 나 시력 안 좋은 거 알잖아."

나는 동우를 향해 살짝 웃어 보이며 아주 자연스럽게 대답했다. 그 자연스러운 대꾸에 동우는 잠시 나를 노려보듯 빤히 바라보더니, 결국 별다른 말 없이 쩝 입맛을 다시며 고개를 돌렸다. 그때, 무리 사이로 큰 소리가 치고 들어왔다.

"나 누군지 본 것 같아."

아니, 큰 소리는 아니었다. 다만 모두의 시선을 단번에 집중시킬 만큼 갑작스럽게 무리 한가운데로 들이닥쳤기 때문에 그 평범한 소리가 커다랗게 느껴진 것이었다.

"걔, 동우 너랑 같은 반 여자애, 정수아인가? 걔 같던데. 확실한 건 아니지만……."

순간 조용한 침묵이 들이닥쳤다가, 곧이어 언제 그랬냐는 듯 삽시간에 소란이 일었다. 와, 하는 탄식과 함께 아직 확실치도 않은 범인에 대한 저주의 말들이 쏟아져 나왔다. 그 사이에서 입을 닫고 있는 것은 나와 남순뿐이었다. 호들갑을 떠는 무리를 지켜보며 살짝 웃음을 흘리고 있던 남순이 곧 나를 향해 입을 열었다.

"걔, 이제 어떻게 하냐. 큰일 났다, 응?"

"아, 그러게……."

나는 순간 멍해져서 남순의 말을 그냥 흘려 버렸다. 그런 나를 의아하다는 눈으로 보며 남순은 고개를 갸웃거리다가, 곧 심해지는 아이들의 발언에 다시 시선을 옮겨 웃으며 "야, 야, 진정들 해" 하고 아이들을 말렸다.

04

사실은 수아를 봤어요. 하지만 동우에게는 말하지 않았죠.

기특하다는 표정 짓지 마세요. 마음껏 저를 싫어하셔도 되니까요. 동우에게 말하지 않았던 건, 그 애를 걱정하는 마음 때문은 아니었어요. 그냥 일이 커지는 게 싫었어요. 이미 사고 쳐서 징계를 받고 있는데 누가 또 사고를 치고 싶겠어요.

그 후로는 평범한 일상이었어요. 동우가 애들을 괴롭히며 돈을 빼앗고 다녔다고는 해도 여자애를 대상으로 삼은 적은 없었는데, 드디어 그 대상이 여자아이가 된 것뿐이었죠. 우리는 별다른 이의 없이 동우를 따랐어요. 아이들 사이의 친구 관계라는 것에는 서열이 있고, 그게 학교생활의 전부인 것 같거든요. 괜히 심기를 거슬러서 표적이 되고 싶지는 않았죠. 그리고 아마 우리뿐 아니라 반의 다른 아이들도 그런 생각을 했던 것 같아요. 그때 교실을 바라보면서 문득 깨달았어요. 이 반에 우리를 막을 사람은 없구나. 그리고 그 말은, 그 애를 도와줄 사람이 없으리라는 뜻이구나.

*

가끔 동우는 초등학생처럼 보였다. 잔인하고 짓궂은 장난을 치고 난 뒤의 아이처럼 즐거워하곤 했다. 나는 그게 부모님의 관심을 끌기 위한 행동이라고 생각했다. 동우의 가정사에 대해 알고 있는 나는 수아를 가만두지 않겠다고 난리를 피워 대는 동우를 말릴 자신이 없었다. 사실은 동우의 행동을 말릴 마땅한 이유도 없었다. 그때 그 애는 누가 보더라도 내가 속한 무리의 적이 분명했으니까. 그 말은 곧 그 애가 나의 적이기도 하다는 뜻이었다.

수아를 향한 괴롭힘은 유치하게 시작되었다.

"아!"

"아, 미안. 있는 줄도 몰랐네."

"뭐야……. 쟤네 뭐니?"

"몰라……."

"저번에도 그랬잖아. 요즘 왜 저러는 거야?"

"그냥 무시하자……."

척 보아도 일부러 부딪친 것이 뻔한 태도로 어깨를 친 다음 동우 패거리는 우스갯소리를 하며 시시덕거렸다. 처음 한두 번은 아무렇지 않게 지나치고 말았던 수아도 점차 반복되는 괴롭힘에 고개를 갸우뚱하며 의문을 표출하기 시작했다.

곧 친구와 함께 복도를 지나가는 그 애의 발을 걸거나 어깨를

치고 지나가는 일은 하루에도 서너 번씩 행해지는 우리의 일상
이 되었다. 정작 아무렇지도 않아 보이는 여학생 하나를 두고 무
리는 어떻게 골탕을 먹여야 좋을까 머리를 맞대고는 했다. 하루
는 누군가 교실에 조그만 고무줄 총을 가져왔다.

"야, 이게 뭐야?"

"몰라. 집에 있더라."

"오, 쏴 봐."

"아! 야, 왜 나한테 쏴, 그걸!"

"어떤가 한번 해 본 거야!"

아이는 킬킬대며 고무줄을 늘려 총에 장전하고 서로에게 겨눠
댔다. 그러다 그들은 수아를 발견했다.

"야 잠깐만 쏴 봐."

"왜?"

"너한테 쏘지 말라며, 쏴 보라니까."

고무총을 건네받은 아이는 플라스틱으로 만들어진 조준경 한
가운데 수아를 겨냥하고는 무리를 돌아보며 킬킬거렸다. 그 모습
을 바라보는 무리도 함께 킬킬대고 있었다. 그렇게 맞지도 않는
거리에서 고무줄 총을 요리조리 움직여 수아의 여러 신체 부위를
겨눠 대며 무리는 웃었다. 무리에게는 악행을 궁리하는 시간 그
자체가 재미있는 놀이 같았다. 그들은 머리를 맞대고 아이디어를
짜내는 내내 낄낄거리며 즐겁게 웃고는 했다.

그러나 수아에게는 즐거운 우리의 장난이 즐겁게 다가오지 않았던 모양이다. 수아는 일말의 고민도 없이 우리의 만행을 선생님께 알렸다. 정말 간단하고 쉬운 방법이지만 그동안 누구도 쓰지 않았던 방법. 그랬기에 나는 수아의 행동에 뒤통수를 얻어맞은 기분이었다.

"지금 부르는 학생들은 방송 듣는 즉시 교무실로 오세요. 2학년 3반 김동우, 이아든, 김남순, 이소혁……."

어느 날 쉬는 시간에 교실 가득 울려 퍼지는 방송 소리를 들으며 동우와 나는 똑같이 얼이 나간 얼굴로 시선을 주고받고는 수아의 빈자리를 바라보았다.

"너희 아직도 사고 치고 다닌다며! 그렇게 혼나고도 정신을 못 차렸어, 응? 이번에는 아주 부모님을 학교로 모셔 와야지 안 되겠구나!"

"……."

"왜 말이 없어? 교실에서는 떵떵거리고 다니는 애들이……. 너희 곧 고등학생이 되는 건 아니? 제발 사고 좀 만들지 말고 얌전히 공부하며 다니면 안 되겠어? ……됐고, 생활지도부장 선생님께 가 봐."

아직 앳되어 보이는 얼굴에 커다란 안경 때문에 더욱 소심해 보이는 담임선생님은 어떻게든 우리를 야단쳐 보겠다고 험한 말을 몇 마디 내뱉었지만, 뚱한 얼굴로 선생님의 말을 듣는 둥 마는 둥 저희들끼리 딴짓만 하는 아이들을 보고는 곧 맥이 빠진 듯 한숨을 쉬며 긴 막대기로 부장 선생님 자리를 가리켰다.

"그래, 너희 잘 왔다."

"웩."

부장 선생님의 소매로 삐죽 튀어나온 겨드랑이 털을 보며 무리 중 하나가 동우에게 눈짓을 하고는 구토하는 시늉을 해 보이자 무리가 다 같이 킬킬거렸다. 그러나 부장 선생님은 소심한 담임 선생님과 달랐다.

"이것들이⋯⋯ 웃어? 너희들 이번 달만 벌써 두 번째야. 너희 이거 학교 폭력 대책 자치 위원회가 열릴 만한 일이라고. 알아?"

당당한 풍채를 과시하듯 선생님이 그 두꺼운 손바닥으로 책상을 탕탕 내리쳤다. 유리 덮개가 올라간 책상이 부서질 것처럼 휘청대는 모습에 우리는 입을 꾹 다물고 바닥만 내려다보았다.

"지난번 벌로는 부족했지?"

"충분했는데요."

동우의 작은 볼멘소리에 선생님의 얼굴이 붉으락푸르락 달아올랐다. 선생님은 결국 폭발해 우리에게 설교를 늘어놓더니 추가 징계를 내렸다. 숙인 고개 위로 쉴 새 없이 쏟아지는 선생님의 쓴 소리를 들으면서, 난 늘어난 교내 봉사 시간에 조금 억울한 마음이 들었다. 직접적으로 수아를 괴롭히지 않았던 나는 반성은커녕 속으로 선생님을 욕하기만 했다.

그렇게 수아 때문에 두 번째로 교무실에 들어갔다 나올 때, 무리의 아이들은 어떻게 수아를 골탕 먹일지 머리를 맞대고 낄낄대던 장난기 어린 모습에서 굳은 얼굴로 교무실 앞에 칵, 퉤 하고 침을 뱉는 살벌한 모습으로 변해 있었다.

"그년, 진짜 가만 안 둔다."

동우가 이를 갈며 하는 말이 신호라도 된 듯 무리의 수법은 더욱 치밀해졌다. 그 뒤로 무리는 복도에서 수아를 마주치더라도 발을 걸거나 어깨를 치고 지나가지 않았다. 대신 수아는 교실에 들어섰을 때 자기 자리의 의자가 어디론가 사라진 모습을 보게 되거나, 또 수업이 시작되었을 때 필기구가 다 찢기고 부러져 너덜너덜해진 모습을 발견하게 되었다. 그 애가 선생님에게 알려도 우린 아니라고, 억울하다고 잡아떼면 그만이었고, 마땅한 증거도 없고 말릴 방법도 없는 선생님은 어쩔 수 없이 우리에게 주의로 포장한 협박을 한 뒤 교실로 돌려보낼 수밖에 없었다.

그러고 나면 잠시 뒤 우리는 다시 똑같은 짓을 반복했다. 아무도 보지 않는 곳에서 행해지는, 그러나 누구나 범인을 알고 있는 악행이 이어졌다. 수아의 고자질에 선생님이 다른 아이들에게 진실에 대해 물어도, 우리의 악행을 '봤다'고 말하는 학생은 단 한 명도 없었다. 우리의 세계에 어른들이 개입하기란 힘든 일이었다. 어른들은 수아의 필기구가 더 이상 사라지지 않도록 상황을 바꿔 줄 수 있을지언정, 아이들 사이에서의 '처지'는 바꿔 주지 못했다. 우리는 그런 식으로 교묘히 수법을 바꿔 가며 그 애의 주변을 맴돌았다. 아이들이 수아를 괴롭힐 계획을 짜내며 웃긴 이야기를 할 때, 나는 웃기면 옆에서 같이 웃었고, 그렇지 않으면 그저 바라보고만 있었다.

그리고 곧 아이들은 마침내 수아를 괴롭힐 최고의 방법을 찾아냈다.

"그만해."

"뭘?"

하교 시간이 되면 시끌시끌한 운동장의 소리가 배경음으로 울려오는 정문 옆의 샛길이었다. 아이들이 모여 담배를 피우는 곳으로 소문이 나 '담배 골목'이라 불리는 그곳에서 무리가 모여 담배를 피우고 있을 때, 수아가 겁도 없이 샛길로 들어섰다. 그간의 무수한 괴롭힘에도 무시로 일관하던 수아가 이번만큼은 우리 앞에 당당히 서서 한 치의 물러섬도 없이 고개를 치켜들고 있었다.

아직도 선명히 떠오른다. 중학교 진학 후 처음으로 나를 똑바로 마주해 오던 그때 수아의 시선.

"유치하게 뒤에서 이러는 거 그만하라고!"

수아는 그렇게 외치며 너덜너덜해진 가방을 우리 쪽으로 집어던졌다. 단번에 모두의 시선이 발치로 날아와 미끄러지는 가방에 쏠렸다. 당연히 나의 시선도 그리로 향했다. 흠뻑 젖은 채 천은 전부 찢어져 이미 제 기능을 하지 못하게 된 초라한 가방과 그 옆,

신발 대신 실내화를 신고 있는 수아의 발이 눈에 들어왔다.

"누가 그랬는지 참 너무하네. 안됐다, 야."

"근데 이게 어쨌다고 우리한테 난리야?"

"그러게 원한 살 일을 하지 말지 그랬어."

아이들은 가방을 수아 쪽으로 도로 뻥 차올리며 비아냥거렸다. 가방은 가볍게 날아오르더니 다시 더러운 바닥으로 풀썩 떨어졌다. 나는 천 쪼가리로 변해 버린 가방을 당혹스러운 표정으로 내려다보았다. 무슨 일이 있었는지 알지 못했지만, 누가 그랬는지는 명백해 보였다. 킬킬대는 아이들의 소리에 수아는 두 주먹을 꾹 말아 쥐었다.

그 손에, 온통 하얗게 되도록 힘을 주어 세게 쥔 손가락에 작은 인형이 붙들려 있었다. 제대로 붙어 있었을 팔과 다리가 이제 모두 떨어질 듯 달랑거리는 그 자그마한 인형은 수아의 손에 잡힌 채 더러운 깜장 물을 뚝뚝 흘리고 있었다. 그 더러운 물이 수아의 손가락 사이를 비집고 스멀스멀 배어 나오는 모습이 눈에 잡혔다. 작고 검은 물방울이 바닥으로 툭 떨어져 내렸다. 그 순간 나는 인상을 썼다.

"오, 손에 든 그건 뭐야?"

내가 너무 오랫동안 수아의 손을 바라보고 있었나 보다. 수아의 가방을 발로 툭툭 차며 장난을 치던 아이들이 내 시선을 좇아 수아의 손에 들린 인형을 발견했다. 나는 서둘러 눈을 돌렸지만 이미 한발 늦었다. 동우가 수아의 손을 쳐다보며 흥미롭다는 눈빛을 보내기 시작했다.

"야, 가져와 봐."

"아, 씨, 더러운데."

동우가 팔꿈치로 툭 치며 고개를 까딱여 보이자, 한 아이가 더럽다고 투덜대면서도 수아의 손을 쳐 거기 들려 있던 인형을 단번에 빼앗아 냈다. 수아는 양껏 팔을 휘둘러 봤지만, 키 큰 남자아이가 귀찮은 듯 팔을 쳐 내자 속수무책이었다. 남자아이는 집게손가락을 이용해 작은 인형을 높이 들어 보였다. 다른 손으로는 코와 입을 틀어막은 채였다. 그걸 동우에게 내밀자 동우 또한 집게손가락으로 받아 들더니 팔을 쭉 뻗어 자기 몸에서 멀리 떨어뜨렸다.

"뭐 하는 거야? 내놔! 너희 진짜 왜 그래?"

"왜 그러는지는 네가 더 잘 알 것 같은데? 우리를 먼저 건드린 건 너야."

"나쁜 새끼들⋯⋯."

"뭐?"

동우는 수아의 욕에 순간 정색을 했다가 씩 웃어 보였다. 이제 동우는 작은 인형의 자그마한 귀를 잡고 있었다. 머리가 달랑달랑한 인형이 동우의 손에서 좌우로 흔들렸다. 동우는 느릿하게 다른 손을 들어 인형의 발을 잡더니 순간적으로 힘을 줘 찍 하고 손쉽게 인형을 뜯어버렸다. 인형 안을 채웠던 솜이 젖은 바닥으로 떨어져 내렸다. 하얀 솜은 바닥의 검은 물을 흡수해 금세 회색으로 물들었다. 그 순간 수아가 동우에게 달려들었다. 그러나 동우 곁에 있던 다른 아이들이 가뿐하게 수아를 막아섰다. 인형은 머리와 몸이 따로 분리된 채 동우의 양손에 들려 축 늘어져 있었다. 동우는 아이들의 벽에 막혀 아무것도 못 하고 발만 동동 구르는 수아를 웃는 얼굴로 바라보더니, 손에 든 것을 골목 옆의 음식물 쓰레기통에 휙 던져 넣었다.

"이거 쓰레기 맞지? 난 쓰레기 대신 버려 준 거다. 또 선생님한테 일러바치지 마라."

"야, 빨리 동우한테 고맙다고 해. 쓰레기도 대신 버려 줬는데."

거기까지 보고, 난 기대 있던 벽에서 몸을 떼어 그 자리를 피했다. 나의 움직임을 시작으로 아이들도 벽에서 몸을 일으켰다. 드디어 한 방 먹였다는 즐거움 가득한 표정을 숨기지 않으며 아이들은 낄낄거리는 웃음을 흘려 주고는 그 애의 옆을 지나쳐 갔다. 나도 그 대열에 합류했다. 한참을 간 뒤 뒤를 돌아보니 수아는 두 손에 얼굴을 묻고 바닥에 주저앉아 있었다. 수아라면 쓰레기통을 열어 인형을 끄집어내고 있을 줄 알았는데, 그런 모습을 보니 기분이 나빠졌다. 나는 짜증스럽게 주머니에 손을 찔러 넣고 집으로 가는 내내 발을 쿵쿵 굴러 댔다.

05

집 주변을 배회하다가 해가 지고 밤이 되어서야 현관문을 열었다. 늦은 시간임에도 집은 텅 비어 있었다. 그런 줄로만 알았다. 집 전체가 적막감에 쌓여 있었기 때문이다. 마치 귀신이 사는 집처럼 조용하고 음산했다. 아니, 귀신은 무슨, 귀신조차 살고 있지 않은 집 같았다. 내가 서 있는 현관의 센서 등을 제외하면 집 안은 온통 암흑이었다. 그런 내 앞에 거실에 물을 마시러 나온 아버지가 모습을 드러냈다. 그게 아니었으면 집 안에 사람이 있으리라고는 생각도 못 했을 것이다.

"늦었네."

"아, 네……."

나는 고개를 숙이고 현관을 내려다봤다. 아버지는 늘 집 안에 들어서자마자 신발을 집어 신발장에 가지런히 넣어 두곤 하셨다. 그랬기에 현관은 신발 하나 없이 깨끗했다. 이러니 사람 사는 집 같지 않아 보이는 것이다. 아버지를 마주 보고 있는 것이 어색해 나는 괜히 허리를 숙여 신발을 정리했다.

"학교가 늦게 끝나서요."

나를 빤히 바라보고 서 있는 아버지의 시선과 우리 사이에 감도는 침묵이 어색해, 난 아버지가 궁금해하지도 않을 변명을 덧

붙였다.

"학교에서는 저녁 전에 끝났다고 하던데."

"아……."

"학교에서 전화 왔었다. 내일 학교에 올 수 있겠냐고 하더라. 일이 바빠서 못 갈 것 같다고 했다."

학교에서 집으로 전화를 하리라고는 짐작하고 있었지만 아버지가 직접 그 이야기를 꺼낼 것이라고는 생각하지 못했기 때문에 나는 뭐라고 대답해야 좋을지 알 수 없었다. 꼭 이런 이야기가 아니라도, 나는 아버지와 대화하는 법을 알지 못했다.

아버지가 나에게 다가와 어깨에 손을 올렸다.

"웬만하면 조용히 다녀. 쓸데없는 일에 신경 끄고 공부나 열심히 하라고. 알겠어?"

아버지는 여느 때처럼 그렇게만 말하더니 어깨에서 손을 떼고는 거실을 지나 안방으로 들어갔다. 그제야 나는 집 안으로 들어설 수 있었다. 그게 다였다. 무슨 일인지, 왜 그랬는지 따위는 묻지 않았다. 나를 야단치지도 않았다.

신발장 옆 선반에 만 원짜리 몇 장이 놓여 있었다. 나는 그것을 바라보다가 집어 들어 반듯하게 반으로 접은 뒤 교복 주머니에 넣었다. 신발장과 거실을 구분하는 반투명한 유리에 일그러진 모습으로 비친 내 얼굴이 눈에 들어왔다. 잠시 그 모습을 빤히 바라보다가, 문득 유리를 주먹으로 쿵 때려 보았다. 그러나 단단

한 소재로 만들어진 유리는 그 정도 충격으로 쉽게 부서지지 않았다. 적막한 집 안에 쿵 하는 둔탁한 소리만 울렸다가 금방 다시 조용해졌다. 나는 드디어 신발장을 벗어나 거실로 들어섰다. 그리고 역시나 사람의 흔적이 없는 조용하고 어두운 거실을 지나쳐 방으로 들어갔다. 집은 다시 사람이 살지 않는 집으로 변해버렸다.

06

아버지는 그런 분이었다. 우리 집은 딱히 화목하다고 할 수 있을 만한 집이 아니었다. 아버지는 무뚝뚝했고, 어머니와 다툼이 벌어지면 늘 큰소리를 냈다. 어머니는 아버지의 큰소리에 꼼짝을 못 했다. 다툼은 잦았고, 그때마다 집 안 분위기는 얼어붙었다. 그래도 평소에는 괜찮은 편이라, 다른 집처럼 우리 집도 화목해질 수 있지 않을까 하는 기대도 했었다. 그러나 결국 난 깨닫게 되었다. 나 같은 꼬맹이 혼자서 노력한다고 무언가 거대한 것이 바뀌지는 않는다는 것을. 한참 그런 분위기에 예민해져 있던 중학생 시절, 나는 어느새 아버지의 말처럼 '쓸데없는 것'에는 신경 끄고 사는 아이가 되어 있었다.

지금보다 어렸을 때, 여름 해가 쨍쨍하던 어느 주말 집에서 하는 일 없이 빈둥대던 나는 누구의 연락을 받은 것도 아닌데 집 밖으로 나섰다. 종일 집에서 컴퓨터를 들여다보고 휴대전화만 만지작댔더니 뇌도 기계의 한 부품이 된 양 삐걱거리기 시작하기에, 갈 곳도 없으면서 무작정 밖으로 나간 것이다.

하지만 어느 정도 믿는 구석은 있었다. 그 시절에는 아무 계획 없이 밖에 나서도 한두 명쯤 아는 얼굴들이 돌아다니며 놀고 있었으니까. 그날도 어김없이 아는 얼굴들을 만났다.

"어, 너 마침 잘 왔다! 지금 할 일 없지?"

"응……. 너희 뭐 해?"

아이들 셋이 놀이터에 모여 있었다. 그들이 먼저 나를 발견하고 말을 걸어 주었기에 나도 그들에게 다가갔다, 그중에는 남순도 있었다. 남순은 가슴팍에 종이 뭉치를 한 아름 안고 있었다. 그 한 장 한 장은 너무나 얇고 가벼워 바람에도 쉽게 날아갈 듯한 종이가, 여럿 뭉쳐 있으니 너무나 무거워 보였다.

남순은 그걸 한 팔에 안고 끙끙대는 중이었다.

"이것 좀 잡아 봐."

다른 아이들은 그런 남순의 옆에서 종이 한두 장을 손가락으로 붙들고 다른 손으로는 라이터의 부싯돌을 칙칙 마찰시켜 불을 붙이려 하고 있었다. 화려한 색으로 뒤덮인 종이에서는 따끈한 인쇄물 냄새가 났고, '또또치킨'이라는 글자가 노란색으로 커다랗게 적혀 있었다. 남순은 난처한 눈길로 그 모습을 바라보며 자기 품 안의 종이가 소중한 보물이라도 되는 양 꼭 끌어안았다. 그들 밑에는 이미 까맣게 그을린 종이 몇 장이 놀이터의 갈색 모래와 뒤섞여 바닥을 더럽히고 있었다.

"얘는 도움이 안 되네. 네가 좀 도와줘."

"아…… 이게 다 뭔데?"

"우리 반에 소혁이 있잖아, 걔네 엄마한테 부탁해서 전단지 아르바이트 하기로 했거든. 근데 아, 씨…… 그 아줌마가 이만큼이

나 하라잖아! 이걸 어떻게 다 하냐?"

나는 아무 대답 없이 남순을 바라보았다. 남순은 난처한 얼굴로 나를 마주 보며 전단지를 더 꽉 안고서 조그맣게 중얼거렸다.

"이거 원래 다 해야 되는 건데……."

"얼마나 했는데?"

다른 아이들에게 묻자, 그중 하나가 다시 칙칙 라이터를 켜며 퉁명스럽게 말했다.

"하기는 뭘……."

난 잠시 타오르는 불꽃의 화려함과 종이가 타며 풍겨 내는 차분한 향을 맡고 서 있다가 남순의 손목을 탁 하고 낚아챘다. 남순이 놀라 휘둥그레진 눈으로 나를 바라봤던 것 같다. 난 남순에게 싱긋 웃어 보였다.

"그럼 우린 조금이라도 돌리고 올게! 혹시 검사할지도 모르잖아."

그런 다음 아이들의 대답을 기다리지도 않고 남순의 손을 붙든 채 그대로 뛰어 놀이터를 나섰다. 남순의 작은 품 안에 갇힌 전단지가 우리의 몸을 따라 함께 흔들렸다. 남순과 나는 이후 몇 시간 동안 아파트 단지를 돌아다니며 아마도 불법일 광고지를 모든 집의 대문에다가 붙이고 다녔다. 일을 마치고 받은 돈은 겨우 남순 한 명 몫도 안 되는 적은 액수가 다였지만, 그것은 태어나서 처음으로 내 힘으로 벌어 낸 돈이었다.

남순은 친절하게도 그 돈을 둘로 나누어 내 손에도 쥐여 주었다. 혼자 집으로 돌아가는 길, 나는 손 안에 잡힌 푸른색이 감도는 지폐를 보며 흐뭇하게 웃었었다.

여름의 긴 날이 벌써 다 저물고 세상이 어둑해질 무렵이었다. 굶주린 배를 안고 걷던 내 눈에 아이스크림 매장의 반짝이는 전광판이 들어왔다. 순간 저걸 사 가야겠다는 생각이 머릿속을 휙 스쳐 지나갔다. 첫 월급을 받으면 부모님 선물을 사 드려야 한다는 말을 듣고는 했으니까, 뭐 나도 그런 비슷한 생각을 했던 것 같다. 나는 남순이 둘로 나눠 준 몫의 절반을 써서 온 가족이 먹을 아이스크림 한 통을 샀다. 이제 손에 돈이 얼마 남지 않게 되었지만 아깝다는 생각은 들지 않았다.

"스푼은 몇 개 넣어 드릴까요?"

친절한 직원 누나의 질문에 나는 수줍게 손가락 세 개를 펴 보였고, 드라이아이스가 들어 있는 시원한 아이스크림 봉지를 들고 집으로 향했다. 기분이 어지간히 좋았는지, 집으로 가는 발걸음이 무척 종종거렸다. 하지만 그런 나를 기다리고 있던 것은 해피엔드가 아니었다.

"집 꼴이 이게 뭐야!"

"뭐가 어떻다고……."

집에 들어서자마자 깨끗한 신발장을 앞세운 커다란 소리가 귓전을 때렸다. 나는 신발을 벗지도 못하고 현관에 그대로 멈춰 설

수밖에 없었다. 내가 들어온 것을 모르는지 현관을 바라보는 사람도, 알은체를 하는 사람도 없었다. 화난 얼굴의 아버지가 가리키고 있는 쪽으로 타닥타닥 다가가는 어머니의 급한 발소리가 들렸다. 이어 어머니는 놀란 듯 손으로 입을 막았다.

"어머…… 이게 왜……."

"당신 도대체 집에서 종일 뭘 하고 있었던 거야?"

"말했잖아. 오늘 친구들끼리 모임이 있어서 나갔다 왔다니까. 창문을 닫고 간다는 게 내가 잠깐 깜빡했나 봐."

"후…… 당신은…… 집안일 한다는 사람이 정신을 어디다 두고 다니는 거야? 이런 것 하나 똑바로 못 해서 밖에서 일하고 들어오는 내가 일일이 신경 쓰게 만들어야겠어?"

잠시 찾아온 침묵에 나는 슬그머니, 아주 천천히, 신발에서 발을 하나씩 빼내어 안으로 조심스레 들였다. 그러곤 살짝 고개를 들어 아버지가 가리키고 선 지점을 살폈다. 활짝 열린 베란다 문을 통해 시원하게 불어오는 가을바람이 느껴졌다. 거실의 소파와 탁자에는 그 바람에 날려 들어온 노란 가루가 얇게 내려앉아 있었다.

아버지는 아직도 화가 가라앉지 않은 듯 허리에 두 손을 올리고는 거실 한복판에 선 채 씩씩대고 있었다. 거실을 거느리고 온집의 분위기를 순식간에 얼어붙게 만드는 그 모습에 나는 숨마저 천천히 들이쉬고 천천히 내쉴 수밖에 없었다. 이윽고 내가 한 발

다가갔다.

"저…… 아이스크림 사 왔는데……."

나는 조심스레 웃으며 손에 들고 있던 아이스크림 봉지를 들어 올려 보였다. 바스락, 내가 살포시 들어 올린 봉지가 작게 흔들리며 내는 소리만이 거실을 채웠고, 곧 아이스크림 봉지에서 흘러나오는 냉기가 그 사이로 서늘하게 피어올랐다.

아버지는 꼼짝 않고 바닥을 내려다보다가 후 하고 숨을 뱉었다. 어머니는 아버지를 불안한 눈으로 바라보고 있었다. 집 안이 일순간 태풍의 눈 한가운데 놓인 것이다. 태풍은 곧 궤도를 따라 움직이며 끔찍한 폭풍우를 일으키겠지. 역시나.

"넌 쓸데없는 소리 하지 말고 들어가서 공부나 해! 누가 그따위 것이나 사 먹고 돌아다니래! 당신은 집에서 애 교육도 안 시키고 뭐 하는 거야?"

폭풍우가 시작되었다. 쾅 하는 큰 소리가 귓가를 때렸다. 거센 폭풍우로 나무가 날아가고 집은 젖어든다.

나는 들어 올렸던 팔을 서둘러 내리고는 후다닥 방으로 들어갔다. 방문이 닫힘과 동시에 곧 거실에는 거센 바람이 휘몰아치기 시작했다. 나는 그곳에 어머니만 버려 둔 채 홀로 안전지대로 피신해 태풍이 거실을 휩쓰는 소리에 귀를 기울였다.

"왜 애한테 소리는 지르고 그래요……."

작게 어머니의 목소리가 들려왔다. 어머니가 태풍을 이겨 낼 수 있을까? 방문을 열면 그대로 거센 바람이 나를 끌어갈 것 같아 감히 문을 열 수가 없었다. 방문에 등을 기대고 쓰러지듯 주저앉았다. 거실과는 다르게 평온하고 텅 빈 방 안이 눈에 들어왔다. 눈물이 눈꺼풀을 비집고 흘러나왔다. 난 이를 악물었다. 등 뒤에서는 태풍이 웅웅대며 자꾸만 방문을 두드려 댔다.

서둘러 주머니를 뒤적여 어지럽게 얽혀 있는 이어폰 줄을 끄집어낸 뒤 잡아 뜯을 듯이 풀어 내 귀에 꽂았다. 그러자 세상이 다시 평온한 침묵 속으로 들어섰다. 귀를 찢을 듯 커다란 음악 소리 사이사이 자꾸만 바깥의 작은 소리에 집중하려 하는 내 귀가 미워 나는 꾹꾹 버튼을 눌러 음량을 최대치로 높였다.

손에 들린 봉지에서 축축한 기운이 느껴졌다. 나는 아무렇지 않다는 듯 부스럭거리며 봉지를 열었다. 이제 드라이아이스는 내 손톱만큼이나 작아져 제 기능을 다하려는 참이었고, 아이스크림은 금방이라도 녹아 액체가 될 위기에 처해 있었다. 아이스크림 통 표면 한가득 맺힌 물방울이 자꾸만 밑으로 또르르 흘러내려 작은 물웅덩이를 만들었다.

아이스크림 가게의 친절한 누나가 넣어 준 스푼을 꺼냈다. 스푼은 세 개 들어 있었다. 그러나 그중 필요한 것은 단 한 개도 없었다. 나는 아이스크림이 물이 될 때까지 내버려 두었다.

다음 날 아침, 화장실에 들어가 다 녹아 버린 아이스크림을 변기에 전부 쏟아 버렸다.

그날 난 여느 때와 다를 것 없이 식탁에 앉아 부모님과 함께 밥을 먹고, 등교를 하고, 학교에 가서 친구들과 웃고 떠들었다. 아무 일도 없었던 것처럼, 없는 것처럼. '어제 나에겐 아무 일도 일어나지 않았어.'

나 스스로에게 거는 이 주문, 참 편했다.

07

복수를 위해 시작된 괴롭힘은 수아가 선생님께 알리면 알릴수록 더 심해져 갔다. 전보다 심해진 괴롭힘에도 수아는 그 상황을 벗어날 방도를 찾지 못한 것 같았고, 그저 지친 얼굴로 학교에 나와 빈자리를 채우고만 있을 뿐이었다. 그 전까지만 해도 수아 곁에 남아 있던 몇 친구들조차 이제는 수아를 피해 다니기 시작했다.

"얘들아, 밥 먹으러 안 가?"

"⋯⋯."

"⋯⋯야, 가자, 가."

"응⋯⋯."

점심시간마다 수아와 함께 밥을 먹던 아이들은 이제 눈앞에 서 있는 수아가 보이지 않기라도 한 듯 제대로 쳐다보지도 않고 피해 갔다.

더 이상 급식실에서 수아의 모습을 찾을 수 없었고, 수아의 책상에는 책과 필기구 대신 쓰레기와 썩은 우유갑만 나뒹굴었다. 수아의 표정은 갈수록 어두워졌다. 멍하니 교실 바닥만 보고 있기 일쑤였다. 그런 날들이 한동안 지속되었다.

"아⋯⋯!"

비명에 이어 교실 바닥을 울리는 둔탁한 쿵 소리가 들려왔다.

모두의 시선이 쏠린 곳은 책상 대열 밖으로 비죽이 튀어나온 남학생의 발이 아닌, 교실 바닥에 엎어져 있는 수아였다. 곧 웅성거리는 소리가 교실을 가득 메웠다.

무릎을 손으로 문지르던 수아는 곧 화들짝 놀라 두리번대며 빈손으로 바닥을 더듬었다. 그러나 모두가 이미 수아의 손에서 튕겨 나와 멀리도 떨어진 물건을 본 뒤였다. 숨죽인 웅성임 가운데 "생리대"라는 속삭임이 내 귀에도 분명히 잡혀 들어왔다. 그것은 창가 맨 끝에 있는 내 자리 옆에 떨어져 있었다. 나도 모르게 얼굴을 붉히며 빠르게 창 쪽으로 고개를 돌려 버렸다. 몇 초간 생리대를 찾지 못해 두리번대는 수아와 교실의 침묵. 무수한 눈동자가 수아를 향했다. 그 모습이 안쓰러워 보였는지 어쨌는지, 교실 안의 누군가가 민망한 웃음이 담긴 목소리로 입을 열며 내 근처를 가리켰다.

"야, 저쪽……."

수아는 일러준 아이의 얼굴은 쳐다보지도 않고 그 손끝만 확인하더니 고개를 푹 숙인 채 내 쪽으로 천천히 걸어왔다. 깊숙이 떨어뜨린 얼굴에서 이미 물방울이 바닥을 향해 뚝뚝 떨어져 내리고 있었다. 그렇게 고개를 숙였는데도, 수아가 가까이 다가올수록 그 일그러진 얼굴이 내 눈에 들어왔다. 지금껏 수아에게서 본 적이 없는 표정이었다. 수아가 평범한, 아니 어린 여자아이라는 사실이 이제야 실감이 났다. 그 표정을 본 나 역시 고개를 푹

숙여 버렸다. 눈물로 범벅이 되어 새빨개진 얼굴을 더 보고 있을
수가 없었다. 고개를 옆으로 돌리자 아래쪽에 떨어져 있는 수아
의 생리대가 시야에 잡혔다. 생리대는 내 발에서 겨우 한 뼘도 떨
어지지 않은 곳에 놓여 있었다. 그것을 줍느라 몸을 숙이는 수아
의 기척이 옆에서 느껴졌다. 손이 그 물건에까지 닿지 않아 수아
는 팔을 길게 뻗었다. 수아의 몸이 조금 더 내게 가까워졌다. 한
껏 뻗은 수아의 팔은 바들바들 떨리고 있었다.

나는 턱을 괸 채 고개를 더욱 깊이 숙이며 내 밑에 놓여 있을
그것을 발로 슬쩍 밀어내었다.

아직도 가끔 그때의 수아가 생각난다. 괴롭힘을 당할 때마다
상대가 누구든 똑바로 마주해 오던 눈, 그 눈이 그 순간만큼은
아무도 마주하려 하지 않았다. 온몸의 피가 얼굴로 몰린 듯한 수
아의 얼굴색, 자신의 눈에 아무도 담지 않으려 애쓰던 수아의 눈
동자를 떠올리며 잠든 밤, 나는 어떤 꿈을 꾸었다.

꿈에서 나는 가진 것 없이 몸뚱이만 남은 지저분한 어른이 되
어 있었고, 수아는 지금과 같이 어리고 밝은 소녀의 모습이었다.
뽀얗고도 발그레한 볼을 가진 수아의 얼굴을 나는 아주 가까이
에서 내려다보고 있었다. 꿈속의 수아는 누구보다 예쁘고 소녀
같은 모습이었지만, 그 모습을 내려다보는 나에게서는 온갖 낙엽
과 지푸라기 같은 쓰레기들이 떨어지고 있었다. 하나둘 썩은 낙
엽과 시든 이파리가 수아를 뒤덮기 시작한 순간, 내게서 떨어지

는 쓰레기들에 부끄러워진 나는 얼굴을 붉히며 그대로 달아나 버렸다. 그리고 다른 죄도 아닌, 길에 쓰레기를 흘려 미관을 해쳤다는 이상한 죄목으로 나를 쫓는 경찰을 피해 꿈을 꾸는 내내 도망다녀야만 했다.

다음 날 화들짝 놀라며 잠에서 깨어난 나는 찬물로 목욕을 했다. 그 꿈은 여자아이의 물건을 보고 깨어난 사춘기 소년의 마음과 내 안의 죄책감이 뒤얽힌 꿈이었다. 그리고 그날 밤 그런 꿈을 꾼 것은 어쩌면 나뿐만이 아니었을지도 모른다. 그 후, 아이들은 수아를 '여자아이'로 괴롭히기 시작했다.

08

"앗!"

교복과 같은 남색 체육복 차림으로 화장실에 간다며 뛰쳐나간 남순을 기다리느라 복도에 서 있는데, 누군가 빠른 속도로 달려와 내게 부딪쳐 왔다.

"아, 미안 미안."

나와 부딪치는 바람에 손에 들고 있던 물건마저 떨어뜨린 남자아이는 뭐가 그리 좋은지 실실 웃는 얼굴로 내게 사과를 했다.

"괜찮아……."

나는 복도 바닥에 큰 소리 없이 떨어져 내린 물건을 주워 주느라 반사적으로 허리를 숙이며 대꾸했다. 떨어진 물건은 교복이었다. 손을 뻗어 하얀 셔츠와 남색 하의를 집어 들었다.

"고맙다."

"야, 잠깐……."

내가 주워 든 교복을 잽싸게 채 가는 아이를 어리둥절한 눈으로 불러 세우려 했지만 아이는 이미 웃는 얼굴로 저만치 뛰어간 뒤였다. 난 고개를 갸웃거렸다. 내가 주워 든 건 분명 남학생 교복이 아닌데? 그러나 곧 수업 시작을 알리는 종이 울려서 나 역시 그 아이의 뒤를 따라 운동장으로 달려 나가야 했다.

"김남순."

서둘러 운동장으로 뛰어 내려가 보니 부지런한 체육 선생님이 벌써 출석을 부르는 중이었다.

"화장실 갔어요."

"쯧, 종 친 지가 언제인데. 너도 일찍일찍 좀 다녀!"

"네."

숨을 고르고 주변을 둘러보니 조금 전 나와 부딪쳤던 아이가 맨 끝에 서서 소란스럽게 동우 무리와 떠들고 있는 모습이 보였다. 아이의 손에 교복은 없었다.

"정수아."

"……"

"정수아, 정수아 없어? 또 화장실이야? 누구 아는 사람 없냐?"

반복해서 불리는 수아의 이름에 나는 두리번대며 줄 선 아이들을 살폈다. 수아의 모습은 보이지 않았다.

"정수아 어디 갔는지 아는 사람 없어? 누가 가서 찾아봐."

"……"

이번에도 나서는 아이는 없었다. 선생님은 당황한 듯 머뭇거리다가 급하게 소리쳤다.

"반장! 그래, 네가 가서 교실 좀 살펴보고 와."

"아, 씨……"

아이는 짜증스러운 표정을 지어 보이며 투덜거렸다. 그때, 누가 손가락으로 저 멀리 어딘가를 가리키며 말했다.

"선생님, 저기 오는 것 같은데요."

선생님의 시선을 포함한 모두의 시선이 수아에게로 쏠렸다. 수아는 서둘러 달려와 섰다.

"뭐 하느라 이렇게 늦게 나와! 미리미리 준비했어야지."

"죄송합니다. 옷을 좀 갈아입느라⋯⋯."

"빨리 가서 서!"

수아는 다시 후다닥 달려 대열에 합류했다. 아이들 사이를 지나갈 때마다 시선이 수아에게 따라붙었다. 동우 무리는 여전히 맨 끝에서 킥킥대고 웃으며 장난을 치고 있었다. 수아만 축 처져서는 누구와도 이야기를 나누지 않은 채 두 줄씩 나란히 이어진 대열 사이에 혼자 서 있었다. 수업은 그냥 그대로 시작되었다.

어느 순간부터, 나는 알게 모르게 동우를 피해 다니기 시작한 터였다. 내가 주위에 없어도 동우는 다른 아이들과 어울려 평소처럼 잘만 다녔다. 난 주로 남순과 시간을 보냈다. 남순은 교실의 화제에 오르고는 했던 수아를 이야깃거리 삼지 않아 좋았다. 그러던 중, 남순이 드디어 수아에 대한 이야기를 꺼냈다.

"야, 너도 그 얘기 들었어?"

"갑자기 뭔데 그래?"

쌀쌀한 날씨에도 땀에 흠뻑 젖을 정도로 농구를 하고는 체육 수업이 끝날 때까지 시간이 애매하게 남아 수돗가로 가 목을 축이고 있을 때, 남순이 입을 열었다. 생리대 사건이 있고서도 시간이 꽤 흐른 뒤라 나는 수아 일을 머릿속에서 거의 지워 버리고 있었다. 별 관심 없이 수도꼭지를 열어 뿜어져 나오는 물을 받아 마시고 있는데 남순의 목소리가 들려왔다.

"정수아 말이야."

"정수아?"

"동우가 뭔 짓을 한 줄 알아? 수아 걔 친구가 없어서 애들 다 나가고 한참 뒤에야 혼자 교실에서 옷 갈아입는데, 동우가 애들이랑 누가 걔 옷을 가지고 나오는지 내기를 했다는 거야. 덕분에 걘 체육 수업도 못 들어가고 애들은 걔 교복 들고 돌아다니면서 얼마 땄다고 자랑을 했다더라. 수아는 한참 뒤에야 옷 돌려받았고."

나는 동작을 멈추고 목구멍에 남아 있는 물을 꿀꺽 삼켰다. 방금 삼킨 물이 배 속에서 꿀렁거리며 움직였다. 젖은 머리칼에서 목덜미로 떨어진 물방울이 스륵 흘러내렸다. 그 끈적한 감각이 소름 끼치게 싫어 고개를 좌우로 세차게 흔들었다.

"……너도 있었어?"

"미쳤냐! 난 그런 짓 안 해. 오히려 애들한테 그만 좀 하라고 말하고 싶다고. 솔직히 걔가 뭘 그렇게 잘못했냐? 내가 생각해 봤는데, 이건 좀 아닌 것 같아."

나는 시선을 피해 버렸다. 입이 제멋대로 열려 말들을 쏟아 내기 시작했다.

"동우가 언제는 그런 거 생각하면서 괴롭혔냐. 그냥 그러는 거지."

신경 쓰지 마, 그게 제일 편해. 나도 모르게 아버지와 같은 말투가 튀어나왔다. 나는 수돗가 옆 계단에 앉아 고개를 숙인 채 아무것도 없는 텅 빈 운동장을 바라보았다. 나라고 지금껏 그런 생각을 하지 않은 것은 아니었다. 하지만 어딜 가나 존재하는 이 현상을 내가 어떻게 막을 수 있을까. 동우를 막으면? 또 다른 동우가 생기지 않는다는 보장이 있나? 수아를 도우면? 또 다른 수아가 생기지 않는다는 보장이 있나? 그런 생각들 위로 큰 소리가 날아들었다.

"야! 너······."

남순은 빤히 내 얼굴을 바라보다 말을 멈추더니, 화가 난 듯 물과 땀에 젖은 머리를 손으로 마구 털고서는 쿵쿵대는 발걸음으로 먼저 교실로 향했다. 나는 그대로 두 손에 얼굴을 파묻었다. 물에 젖은 손이 얼굴에 닿자 기분 나쁜 끈적임이 느껴졌다. 마치 쓰레기 더미에 들어갔다 나와 더러운 액체에 물든 손으로 얼굴을 감싸고 있는 기분이었다. 아니, 얼굴도 몸도 손도 전부 이미 끈끈한 액체로 뒤덮여 있었다. 언제부터 그랬던 거지? 기억나지 않았다. 언제부터 기분 나쁜 액체로 몸이 뒤덮여 있었던 걸까? 그랬다. 나는 동우랑 똑같은, 아니 동우보다 더 나쁜 새끼였다. 자기 자신에게만 적용되는 관용에 빠져 있느라 그 사실을 모르고 있었을 뿐.

그날이었다. 집에 들어가기 답답해 늦게까지 주변을 배회하다가 놀이터에서 수아를 마주친 날. 아직 눈앞의 물체가 선명히 보일 정도로 밝을 때 학교 수업이 끝났지만, 걷다 보니 아까까지만 해도 눈앞에 또렷하던 헌 옷 수거함이 흐릿하게 어둠에 잠겨 탁한 상을 띠고 있었다. 해가 진 지 꽤 지나자 슬슬 추워지기 시작해 이제는 정말 집으로 돌아가야 한다는 생각이 들었다. 그러나 발걸음은 헌 옷 수거함이 놓여 있는 놀이터 입구로 향하고 있었다. 아까는 아이들이 모여 뛰어노는 탓에 들어가지 못했던 놀이터는 어느새 활발함을 잃고 쓸쓸하고 무서운 분위기만 자아내고 있었다. 그곳에서 시소에서 앉아 있는 수아를 발견했다.

시소의 의자 중 입구 쪽에 가까운 자리에 앉아 이쪽을 등진 수아는 내가 지켜보고 있다는 것은 까마득히 모른 채 움직이지 않고 있었다. 나는 그 뒷모습을 한참 바라보았다. 괜히 수아와 마주치기 전에 집으로 돌아갈 생각이었다. 분명 생각은 그랬다.

"여기서 뭐 해?"

하지만 정신을 차려 보니 내가 수아에게 말을 걸고 있었다. 만약 수아가 깜짝 놀란 눈으로 나를 돌아보지 않았다면 내가 먼저 깜짝 놀란 얼굴로 서둘러 돌아가며 내 머리를 쥐어박았을 텐데.

보통 이럴 땐 그네나 벤치 아닌가? 축 처져서는 시소에 앉아 있는 모습이 너무나도 수아다워 나도 모르게 수아에게 말을 걸었나 보다. 나는 짐짓 태연하게 수아의 옆을 지나쳐 맞은편 의자에 앉았다. 그러는 동안 수아의 휘둥그레진 눈은 내게서 떨어지지 않았다. 내가 앉자 또래 아이들보다 많이 마른 수아의 몸이 공중으로 치솟을 듯 붕 떴다. 그게 민망해 나는 두 손으로 가방 끈을 잡고는 흠흠 괜히 목을 가다듬었다.

"그러는 넌?"

"아, 난……."

"또 어디서 쓰레기 같은 짓이라도 하고 왔니?"

"뭐?……."

너무나 자연스럽게 수아와 대화를 이어갈 뻔했던 나는 그 거친 말에 순간 입을 꾹 닫았다. 곧 얼굴에 열이 오르는 느낌이 들었다. 이 애에게 평생의 상처로 남을 짓들을 했다는 것도 잊은 채 아무렇지 않게 이야기를 나누려 하다니. 지금 여기서 이렇게 수아의 얼굴을 마주하는 것만 해도 뻔뻔하기 그지없는 짓인데. 수아는 할 말을 찾지 못해 눈을 이리저리 굴리며 고개를 숙이고 있는 나를 잠시 지켜보는 것 같더니, 곧 공중에 붕 뜬 시소에서 폴짝 뛰어내려 입구 쪽으로 향했다. 저번과는 다른 새 가방이 수아의 등을 꽉 채운 것이 눈에 들어왔다.

"야…… 자, 잠깐만!"

"……너랑 더 할 말 없어."

나도 모르게 돌아가는 수아를 불러 세우려 손을 뻗었다. 그러나 수아의 팔을 움켜잡기 전 나는 멈칫하고, 대신 가방을 붙잡았다. 손 둘 곳을 고민하던 나의 마음이 무색하게도, 수아는 내 팔을 거칠게 쳐내 버리고는 미간을 잔뜩 구긴 채 나를 바라봤다. 수아가 다시 뒤돌아 가기 전에 나는 서둘러 주머니에서 서툴게 꿰매진 곰 인형을 꺼내 보였다.

"이거…… 우리 집에도 아직 있더라."

수아는 아까보다 더 혐오스러운 것을 본다는 얼굴로 주먹을 쥐더니, 픽 소리가 날 정도로 세게 내 손을 쳤다. 손바닥에 올라가 있던 인형이 힘없이 날아가 쓰레기봉투가 잔뜩 쌓인 전봇대 밑동으로 곤두박질쳤다.

"그딴 쓰레기, 이제 필요 없어."

수아는 나를 노려보고는 뒤돌아 가 버렸다. 수아의 마지막 말이 마치 나에게 하는 말처럼 날아와 꽂혔다. 그딴 쓰레기, '이제' 필요 없어.

그래, 나와 수아는 소꿉친구였다. 수아에게는 '이제' 필요 없어진 소꿉친구.

09

　수아를 처음 만난 건 다섯 살 때였다. 어렸을 적에 난 부모님 사정에 따라 이곳저곳으로 이사를 다녔다. 잦은 이사가 마무리되던 해에, 수아를 만났다. 수아는 태어나고부터 줄곧 이 동네에 살았다고 했다. 그래서인지 어디에서나 당당했다. 잦은 이사로 낯선 곳에 대한 두려움이 생겨 누구를 마주쳐도 제대로 인사도 못 하고 쭈뼛거리던 나와는 너무나 다른 모습이었다. 그런 날 위해 엄마는 친구 딸인 수아를 소개해 주었다. 물론 수아는 그런 나를 데리고 다니며 아주 잘 놀아 주었고 말이다. 그렇다고 누구보다 깊은 우정을 나누었다고는 할 수 없었지만.

　그런 우리의 어설픈 우정에도 추억이랄 게 한 가지 있다면, 수아의 가방에 매달려 있던 촌스러운 곰 인형 열쇠고리일 것이다.

　수아네 엄마와 우리 엄마, 수아와 나까지 넷이서 시내로 외출을 나갔던 날이었다.

　"어제 너 텔레비전 봤어?"

　"당연하지, 바보야! 이번에 새로 나온 만화 최고잖아. 다 그 이야기밖에 안 하는데 당연히 봐야지!"

　"맞아, 재밌더라."

　우리가 새로 나온 만화영화와 멋진 주인공에 대해서 이야기를 나누는 동안, 엄마들의 얼굴에서는 아까부터 미소가 떠나지 않고 있었다. 두 분은 시답지 않은 말에도 곧잘 웃었고, 우리가 요란스럽게 굴거나 사고를 쳐도 그날만큼은 관대하게 넘어갔다. 그래서인지 우리도 평소보다 들떠 있었고, 엄마들은 우리를 주의 깊게 살피지 못했다.

"와, 저것 봐."

"응? 뭔데?"

내가 먼저 길거리에서 파는 열쇠고리를 발견했고, 수아는 내 말에 그쪽을 바라보았다. 가판대 위에는 우리가 지금껏 이야기하고 있던 만화 속 주인공의 다양한 표정과 동작을 흉내 내어 만든 열쇠고리들이 잔뜩 있었다.

"가 볼까?"

"음…… 그러자."

내가 두 눈을 빛내며 수아의 손목을 잡아끌자, 수아는 그런 나를 따라와 주었다.

"와! 이것 봐. 진짜 멋있다!"

"와, 이거 엄마한테 사 달라고 해볼까?"

"음…… 우리 엄마는 안 사 주실 텐데……."

"에이, 엄마! 엄……."

내가 아직도 눈을 빛내며 가판대에 고개를 처박고 있는 동안 수아는 고개를 들어 엄마를 찾았다. 그러나 당차게 고개를 들어

올렸던 수아의 목소리가 이내 약하게 떨리기 시작했다. 그 소리에 이상함을 느낀 나는 그제야 가판대에서 아쉬운 눈길을 떼어 냈다. 그러나 우리가 정신을 차렸을 때 엄마들의 모습은 이미 인파 속으로 멀리 사라진 뒤였다.

"어?"

"어, 엄마…… 어디 갔지……?"

"아냐, 엄마 잠깐 저기 구경 가신 거야."

수아는 곧 눈물을 터뜨릴 것처럼 울먹이며 주변을 두리번댔다. 나는 짐짓 아무렇지 않은 척했지만, 마음속에서는 갑자기 심장이 두방망이질 치는 것을 느끼고 있었다. 다행히 몇 분 안 되어 엄마들은 걸었던 길을 되짚어 우리를 찾아내 주었다.

다시 돌아온 엄마의 얼굴을 보자 수아는 결국 엉엉 울음을 터뜨렸고, 나는 그저 엄마에게 다가가 손을 꾹 붙잡았다. 엄마는 그런 나를 가만히 내려다보며 머리를 쓰다듬어 주시더니, 우리가 구경하고 있던 열쇠고리를 두 개 사서 하나씩 쥐여 주셨다. 우리가 보고 있던 건 하나에 3천 원씩 하는 시시껄렁한 곰 인형이 아니라 만화에 나오는 멋진 주인공이었지만, 그래도 수아와 나는 그걸 보고 킥킥대고 웃으며 좋아했다.

그 곰 인형은 수아와의 추억이 담긴 물건이었다. 그것을 수아가 아직도 가지고 다니는 줄은 몰랐지만 말이다.

10

"야, 너 얼굴이 왜 그래?"

1교시가 시작하기 전 겨우 뛰어 들어온 남순의 얼굴을 보고 나는 대각선 앞자리에 앉은 남순에게 소근소근 물었다. 틀림없이 내 말을 들었을 테지만, 남순은 뒤도 돌아보지 않았다. 나는 의아하게 생각하며 다시 남순을 불렀다.

"야, 무슨 일이야?"

"이따 얘기해. 수업 시작하잖아."

남순은 내 얼굴을 제대로 쳐다보지도 않고 매정하게 말하더니 다시 앞을 바라보았다. 수업 시간 내내 나는 남순의 뒤통수만 뚫어지게 보았다.

"동우랑 싸웠어."

남순은 쉬는 시간에도 입을 꾹 닫고 있더니 점심시간이 되어서야 나를 불러내어 툭 내뱉듯이 그렇게 말했다.

우리는 구관 체육 창고에 들어가 매점에서 산 빵을 먹고 있었다. 모든 물건이 먼지로 한 겹 뒤덮여 있어서, 빵을 담았던 검은 봉지 하나를 사이좋게 깔고 앉을 수밖에 없었다. 가까이서 보니 남순의 얼굴 상태가 생각만큼 심각한 것 같지는 않았다.

"뭘 그렇게 보냐?"

내 시선을 느꼈는지 남순은 씩 웃으며 내 목에 헤드록을 걸었다. 그 덕에 남순의 입가에 붙은 반창고가 살짝 들리는 것을 볼 수 있었다. 갑자기 풀어진 분위기에 나도 남순을 따라 씩 웃어 보였다.

"아니, 생각보다 심하게 맞은 건 아니네."

"우리 말은 바로 하자. 맞은 게 아니라 싸운 거야."

"그래, 알았어."

나는 피식 웃고는 남순의 말에 대답했다. 왜 싸웠는지, 어떻게 된 일인지에 대해서는 굳이 묻지 않았다. 대충 짐작이 갔기 때문이다. 아니, 사실 난 남순이 동우와 싸운 이유에 대해서 듣고 싶지 않았다. 나와 다르게, 남순은 어릴 적 모습에서 변한 것이 하나도 없었다. 나는 남순의 눈을 외면한 채 애꿎은 바닥만 내려다봤다. 그러나 불쑥, 남순이 이야기를 꺼냈다.

"근데 솔직히 좀 무섭더라."

난 남순의 얼굴을 빤히 바라보다가, 결국 한숨을 한 번 내쉰 뒤 입을 열었다.

"그러게 가만있지, 갑자기 왜 나대고 그래?"

"등신. 너처럼 등신 되기 싫어서 그랬다. 왜?"

"……."

"어휴, 등신. 이것 봐. 바로 앞에서 욕 들어 먹어도 가만히 있는데 이게 등신이지 뭐야?"

"……왜, 개가 네 앞에서 욕하던? 그래서 넌 나처럼 가만 안 있고 싸웠냐?"

"그런 것보다 더 나빴잖아."

나는 화제를 돌려 버렸다.

"그래서 동우랑은 결국 어떻게 됐는데?"

"어떻게 되긴 뭘, 어떻게 되고 말고 할 것도 없어. 동우가 한 대 치더니 뭐라 더 할 것도 없이 바로 사과하더라고."

그렇게 말하고 남순은 쪼그려 앉은 무릎을 팔로 감싸며 고개를 반대로 돌렸다. 그 뒤통수가 왠지 쓸쓸해 보였다. 말을 멈추자 남순이 내는 숨소리와 검은 봉지의 바스락대는 소리만이 들려왔다. 검은 봉지에 갇혀 앉아 있는 우리 거리가 답답하게 느껴져, 난 크게 기지개를 켜 굳어 있던 몸을 풀었다. 그 움직임에 봉지가 더 크게 바스락거렸다. 나는 남순의 어깨에 팔을 둘렀다.

"야, 그럼 문제 될 게 뭐 있어! 다 해결됐네!"

"해결은 무슨……."

애써 낸 내 밝은 목소리에 남순이 다시 고개를 돌려 나를 보고는 피식 웃었다. 나도 그 얼굴을 보며 어색하게 따라 웃었다. 그러나 남순은 다시 표정을 굳히고는 고개를 무릎 사이에 파묻었다.

"내가 제일 무서웠던 게 뭔지 아냐? 동우한테 대든 것도, 맞은 것도 아니야. 그 순간, 내가 동우한테 얻어맞고 넘어졌는데 아무도 내 편을 드는 애가 없다는 거였어. 그래도 친구라 생각했던 애들인데, 그렇게 되니까 아무도 나한테 다가오질 않더라. 난 쓰러져 있고 다른 애들은 다 동우 주위에 서 있었는데, 동우가 나한테 오더니 때려서 미안하다고 비웃음을 지으면서 손을 내미니까 줄곧 옆에 서서 가만히 날 내려다보고만 있던 애들이 그제야 날 잡고 일으켜 세워 주는 거야. 그 순간이 제일 무섭더라."

남순은 나를 바라봤다. 가까운 거리에 있는 나의 표정을 살피느라 그런 것인지 남순의 눈동자는 심하게 흔들리고 있었다. 나는 그런 남순의 눈에서 시선을 뗄 수가 없었다. 난 지금 무슨 표정일까? 무슨 표정이길래 남순이 이리도 내 표정을 열심히 살피는 걸까?

이제 와 돌이켜 보면, 그 순간 내가 그 메시지를 깨닫지 못한 것이 다행이었다고 생각한다. 만약 그때 남순의 마음을 알게 되었다 해도, 나는 남순에게 아무 말도 해줄 수 없었을 테니까.

"동우가 나한테 다시 손을 내밀어 왔을 때, 난 나도 모르게 다행이라고 안도해 버렸어. 나, 그 손 잡을 수밖에 없었어."

어쩌면 그때, 나는 남순과 똑같은 표정을 하고 있었는지도 모르겠다.

11

점심시간이 거의 끝나 갈 무렵 우리는 구관에서 빠져나왔다. 밖으로 나왔지만 세상은 구관 안만큼이나 어두운 빛에 잠겨 있었다. 주위를 살피며 조심스럽게 나온 우리의 엉덩이에는 똑같은 모양으로 먼지가 묻어 있었다.

"어, 너 여기 먼지 묻었다."

내가 남순의 엉덩이를 바라보며 입을 열기 전에 남순이 선수를 쳐 손바닥을 쫙 펼치고는 내 엉덩이를 팡 때리며 말했다.

"아!"

절로 비명이 터져 나왔다. 남순은 그 소리에 더 신이 나서 킬킬 웃어 댔다. 난 남순에게 달려들어 똑같이 남순의 궁둥짝을 때려 주려 했지만, 발끝에 힘을 주고 지면을 차 뛰어오르기도 전에 남순은 서둘러 나를 피해 도망쳤다.

막무가내로 도망치는 남순을 쫓아 나 또한 막무가내로 달렸다. 내가 남순의 뒷덜미를 탁 낚아챘을 때, 우리는 학교의 본관 앞에 이르러 있었다. 뒤쪽 창가 밑에는 잘 가꿔진 화단이 있었고, 앞에는 학교를 다니는 동안 거의 사용한 일이 없는 조회대가 보였다.

"아야!"

잡아챈 남순의 뒷덜미를 끌어당겨 엉덩이를 발로 한 대 걷어차

주자, 남순은 엉덩이를 쏙 집어넣으며 과장스럽게 아픈 시늉을 했다. 종아리로 쳐올린 남순의 엉덩이에서 먼지가 피어올라 우리 둘은 콜록대며 별것도 아닌 일에 웃어 댔다. 남순은 복수랍시고 다시 내 엉덩이를 발로 차올렸다.

"야!"

그게 생각보다 아파서 나는 허리를 굽히며 소리쳤지만, 남순은 이미 저만치 뛰어간 뒤였다. 동시에 5분 후 점심시간이 끝난다는 것을 알리는 예비 종소리가 울렸고, 나는 뛰는 것에 지쳐 가만히 선 채 저만치 달아나는 남순을 보며 웃고만 있었다.

그때였을 것이다. 무언가에 이끌리듯 자연스럽게 돌아가는 시선에 순간 수아가 들어온 것은. 웃고 있던 내 얼굴이 서서히 굳어졌다. 수아는 조회대 밑에 서 있었다. 조회대 위로 올라갈 수 있게끔 위로 이어진 계단과 조회대의 그늘에 가려 시선이 잘 닿지 않는 곳이었다.

무슨 소리가 들렸던 것도 아닌데 어쩌다가 그런 곳에 내 시선이 닿게 된 것인지. 수아가 눈에 닿는 순간 심장이 진정하지 못하고 쿵쿵 울려오기 시작했다.

"왜 안 처먹냐? 먹으려고 가져온 거 아니야?"

"왜? 도와줘?"

두방망이질 치는 심장 소리 때문인지 귀가 갑자기 꽉 막힌 듯 먹먹해져서 그쪽에서 들려오는 소리가 잘 잡히지 않았다. 나는 고개를 두어 번 세차게 흔들고는, 다시 눈을 들어 조회대 밑을 바라보았다.

"가야 돼……. 종 쳤잖아."

"가야 돼, 종 쳤잖아."

수아가 고개 숙인 채로 작게 이야기한 말을, 뒤에 있던 남자아이 하나가 우스꽝스러운 말투로 흉내 냈다. 그러고는 저희들끼리, 조금 전 나와 남순이 그랬듯 별것도 아닌 일로 낄낄대며 웃어댔다.

"먹어, 먹고 가. 점심시간인데 밥은 먹어야지."

남자아이는 흙바닥에 버려진 음식물 위에 발로 흙을 긁어 뿌려 대며 말했다. 빈정대는 말투에 수아의 얼굴이 눈에 띄게 굳어졌다. 찌푸리는 모습을 보자 남자아이 하나가 집게손가락을 펴 수아의 미간을 쿡쿡 찔렀다.

"어쭈, 이게 인상 쓰네."

순간 낮아진 남자아이의 목소리에 수아는 다시 겁에 질린 얼굴이 되었다.

"가야 돼. 너희도 가. 종 쳤잖아……."

수아가 아이들 사이를 헤치며 앞으로 빠져나오려 하자, 남자아이 하나가 수아의 어깨를 밀쳐 다시 뒤로 물렀다. 동우와 함께 다니는 패거리들이었다. 바로 그때, 이번에는 점심시간의 끝을 알리는 종이 교내에 울려 퍼졌다.

나도 그 소리를 들었고, 수아도 그 소리를 들었고, 남자아이들도 그 소리를 들었다. 그러나 움직이는 사람은 아무도 없었다. 나는 그만 교실로 돌아갈 생각이었다. 종이 쳤으니까. 그러나 이상하게 발이 떨어지지 않았다. 조금 전 남순의 말을 들었기 때문일까, 무언가 안 좋은 기분이 나를 휘감았다. 속이 울렁거리는 듯한 기분. 어떻게 해야 이 울렁거림을 없앨 수 있을까? 난 알고 있었다. 그냥 쓸데없는 일에 신경 쓰지 않고 교실로 들어가면 되는 것이다.

종이 울리고서 몇 초 뒤에, 나는 그쪽을 향해 소리쳤다.

"야, 종 쳤어!"

바보 같은 목소리였다. 그렇게 외치고는, 그쪽 일이 어떻게 되는지 쳐다보지도 않은 채 교실로 내달렸다.

12

그 일 한 번뿐이었으면 얼마나 좋았을까. 내 눈에 수아가 괴롭힘을 당하는 장면이 그만 들어왔으면 좋겠다고, 또다시 뛰기 시작하는 심장 소리를 들으며 나는 생각했다. 그러나 그건 이루어지기 힘든 바람이었다. 학교는 좁고, 어른들이 그토록 알기 어려워하는 학교 안 일을 아이들은 쉽게 알아채곤 하는 법이니까.

쉬는 시간, 갑작스럽게 벌컥 열리는 문소리에 화장실에 있던 나는 화들짝 놀라 입구를 바라보았다. 내 쪽으로 정체를 알 수 없는 물체가 날아들었다. 나는 순간적으로 움츠러든 어깨를 천천히 펴며 화장로 불쑥 날아든 물체를 주워 들었다.

"야, 이거 뭐야?"

고양이가 그려진 필통이었다. 축축한 화장실 바닥에 철퍼덕 하고 떨어져 기분 나쁘게 젖은 필통을 주워 든 채, 나는 화장실 문을 열자마자 눈앞에 보이는 남자아이에게 물었다.

"아, 뭐야. 안에 있었냐? 미안하다. 이제 아무도 없지?"

남자아이는 키득키득 웃으며 빼앗다시피 필통을 채 가더니 다시 화장실 문을 열고 휙, 포물선을 그리며 그 안에 던져 넣었다.

"뭐 하는 거야?"

나는 애써 주워 준 필통을 도로 던져 버리는 남자아이를 이상한 눈으로 바라보았다. 확실히 필통의 주인이 이 아이는 아닌 모양이었다. 나는 필통 주인을 찾아 다른 곳으로 시선을 옮겼다. 그러자 두 사람의 모습이 눈에 들어왔다. 동우. 그리고 화난 얼굴로 남자아이를 노려보는 수아.

"가져와! 빨리 가져오라고……!"

"야, 가자, 가."

남자아이는 화장실 앞에서 기다리고 있던 동우의 어깨에 팔을 두르고는 온 얼굴 가득 즐겁다는 웃음을 띤 채 내 옆을 지나쳐 갔다. 수아는 그 앞에서 둘을 막아서며 발을 동동 굴렀지만 소용없는 짓이었다.

둘이 자리를 떠나자, 주변을 둘러싼 채 구경하고 있던 아이들도 바닷물이 갈라지듯 제각각 흩어져 교실로 돌아갔다. 당혹스러운 표정으로 남자 화장실 앞을 서성이는 수아와 어정쩡하게 그 앞에 선 나만 남아 있었다.

나도 모르게 수아와 같은 불안한 눈으로 수아와 화장실 문을 번갈아 바라보다가, 벌컥 남자 화장실 문을 열었다.

"에이, 씨……."

이상하게도, 투덜대는 소리가 저절로 내 입에서 흘러나왔다. 수아가 그런 나를 빤히 바라보는 것이 얼굴 옆으로 느껴졌다. 나는 수아의 얼굴을 보지 않으려 애쓰며 화장실 안으로 한 걸음 발을 집어넣었다.

"야, 이아든, 뭐 해! 우리 다음 시간 체육이야!"

그때, 철렁하고 내 심장을 일렁이게 하는 동우의 낮은 목소리가 날아들었다. 분명 복도 너머로 사라지는 걸 봤는데 어느새 다시 돌아온 것인지, 동우가 복도 저편에서 몸을 내밀고 나를 빤히 바라보고 있었다. 나는 한 발을 화장실 안에 집어넣은 채, 앞으로 향해야 할지 뒤로 물러서야 할지 망설였다.

"안 와?"

아까보다 더 낮아진 동우의 목소리가 등 뒤로 들려왔다. 반사적으로 몸이 뒤로 움찔 움직였다.

"가야지……."

동우에게는 닿지도 않을 만큼 작은 목소리로 나는 중얼거렸다. 누구에게 하는 소리일까. 수아에게도 동우에게도 닿지 않는, 나에게밖에 닿지 않는 그 소리는. 수아의 필통이 눈에 들어왔다. 가야지. 나는 앞으로 한 발 내디뎠다. 가야지. 다시 한 발 더. 어느새 한 발만 더 내디디면 발에 챌 정도로 가까운 곳에 고양이가 그려진 필통이 놓여 있었다. 나는 그것을 주워 들었다. 다시, 아까보다 더 기분 나쁘게 축축하고 차가운 필통의 감촉이 손에 퍼져 나갔다. 나는 그것을 꾹 쥐었다. 따뜻한 손의 온기가 필통 쪽으로 향하고, 필통의 찬 기운이 내 쪽으로 향해 금세 필통과 나의 온기가 섞여 들었다.

아무 생각도 하지 않았는데 문득 얼굴에 미소가 퍼졌다. 그 상태로 나는 서둘러 뒤를 돌았다. 그러나 휙 하고 몸을 돌린 내 앞에 있던 것은 기대했던 풍경이 아니었다. 난 재빨리 얼굴에서 미소를 지웠다. 어느새 다가온 동우가 눈앞에 서 있었다.

"뭐 하냐?"

"아니……."

동우는 척 보아도 불만이 가득한 표정으로 삐딱하게 고개를 기울인 채 서서 나를 바라보고 있었다. 입술을 비틀어 올리며 웃는 비열한 모습이 눈에 들어왔다. 기가 차다는 듯한 저 웃음. 그 순간, 왜였는지 갑자기 남순의 입가에 붙어 있던 반창고와 남순의 씁쓸한 눈빛이 떠올랐다. 그리고 옆에서 느껴지는 수아의 모습도. 나는 손 안에 잡혀 있는 필통을 꾹 움켜쥐었다.

"그만하면 됐잖아."

정말 멍청한 짓이었다. 이러면 동우가 화를 내리라는 걸 뻔히 알면서도, 나는 나도 모르게 굳은 얼굴로 동우를 보며 입을 열었다. 그리고 역시나 동우의 반응은 내 예상을 벗어나지 않았다.

"뭐, 이 새끼야?"

동우가 한 발 다가서더니 손을 뻗어 내 멱살을 움켜쥐었다. 급작스러운 동우의 폭력과 분노에 난 뭐라 말해야 할지 몰라 당황해 본능적으로 내 멱살을 잡은 동우의 손을 움켜쥐었다.

"야, 야, 왜 그래? 그만해, 그만."

그러나 무어라 더 말하기도 전, 다른 남자아이들이 달려와 동우와 나를 떼어 놓았다.

우리를 떼어 놓은 아이는 사람 좋게 웃는 얼굴로 진정하라며 나와 동우를 말렸다. 그때, 수업 시작을 알리는 종이 울렸다. 말리던 아이는 기다렸다는 듯이 "야, 종 쳤다, 가자, 가자" 하면서 동우의 등을 떠밀어 화장실을 나섰다. 남자아이에게 밀려 어쩔 수 없다는 듯 화장실 밖으로 나가면서도, 동우는 분노가 담긴 눈으로 나를 노려보는 것을 잊지 않았다.

그렇게 화장실 안에 혼자 남겨진 나는 여전히 손에 꾹 쥐여 있는 필통을 더욱 세게 움켜쥐었다. 얼마나 세게 쥐었던지, 서서히 손에서 힘을 빼자 내 손의 굴곡에 따라 구겨진 필통이 눈에 들어왔다.

그 구겨진 필통을 수아에게 내미는 대신, 난 그대로 들고 나와 복도의 창틀에 슬며시 올려놓았다. 그러고는 수아의 얼굴을 바라보지 않으려 애쓰며 그 애 옆을 지나쳐 갔다.

13

남순이는 수아를 도와주려고 애썼어요. 한번은 수아 때문에 동우랑 싸우기까지 했을 정도였죠. 결국 혼자서 동우를 막기엔 무리였지만, 그래도 남순이는 항상 수아가 괴롭힘 당하는 것을 막고 싶어 했고, 수아의 친구가 되어 주고 싶어 했어요. 그리고 그런 남순이에게 결국 기회가 생겼어요.

*

"야, 저거······!"

"어?"

"저거 뭐 하는 거야. 어떡하지? 아, 일단 따라와!"

우리는 놀이터의 정글짐 위에 앉아 있었다. 이제는 꽤 추워졌는지 편의점에서 팔기 시작한 호빵을 사 들고 거기 걸터앉은 채, 남순의 이름이 왜 남순이 되었는지에 관한 시시껄렁한 이야기를 듣는 중이었다. 겨울이 가까워지면서 해가 짧아진 터라 주위는 이미 어둑했다. 나는 호빵을 베어 문 입에서 나오는 하얀 입김을 지켜보고 있었다. 그렇게 입김에 집중하고 있었기에, 눈앞의 상황을 발견한 건 나보다 남순이 먼저였다. 남순의 말소리에 나는 인상을 쓰고 뱀처럼 춤추는 뿌연 입김 너머를 주시했다.

놀이터 건너편 골목에서 웬 학생 무리가 여자아이 하나를 끌고 가는 중이었다. 나는 남순의 호들갑에 왜 저래? 하는 마음으로 상황을 확인하고 있었는데, 다짜고짜 남순이 내 멱살을 움켜쥐더니 정글짐에서 풀쩍 뛰어내렸다. 졸지에 끌려 내려오는 바람에 손에 쥐여 있던 호빵은 바닥으로 내동댕이쳐지고, 무릎에는 찌르르한 통증이 느껴졌다. 그래도 남순은 아랑곳없이 내 팔을 붙잡고는 그대로 골목 쪽으로 내달렸다.

"야, 천천히 좀 가."

나는 남순의 팔에 끌려 억지로 다리를 놀리며 숨을 거칠게 몰아쉬었다. 남순은 갑자기 멈춰 서더니 내 입가에 집게손가락을 가져다 댔다.

"쉿!"

남순의 경고에 흡 하고 숨을 멈춘 탓에 숨 쉬기가 더 힘들어진 나는 괴롭게 식식대며 호흡을 진정시키고 골목 안쪽으로 고개를 내밀었다. 어두침침한 배경을 한참 응시하자 그제야 형체가 조금씩 뚜렷해지기 시작했다.

"야, 저거 정수아⋯⋯?"

"조용히 하라니까⋯⋯!"

남순이 다시 나를 바라보며 이번에는 자신의 입에 집게손가락을 올려 보였다. 그 기세에 눌려 난 가만히 입을 닫고 고개를 끄덕일 수밖에 없었다. 자세히 보니 수아를 둘러싼 아이들 모두 우리 학교 교복을 입고 있었다. 그러나 동우 무리는 아니었다. 계속 바라보고 있는데, 뒤에서 남순이 내 옷깃을 잡아 자기 쪽으로 끌어당겼다.

"우리 학교 애들이잖아."

"어떡하지? 쟤네 뭐 하는 거야. 돈 뜯나?"

"어떡하긴 뭘 어떡해! 어떻게 하려고 쫓아온 건데?"

"그러니까, 지금 그걸 물어보고 있잖아……!"

"그걸 나한테 물어보면…….."

나는 한숨을 내쉬었다. 남순이 초롱초롱한 눈으로 나를 바라보고 있었다. 남순이 바라는 것. 내 입에서 듣고 싶은 말. 남순은 어렸을 때처럼, 그런 눈으로 나를 바라봤다. 내 입에서 무슨 말이 나오든 어차피 갈 거면서. 변하지 않은 남순의 얼굴에 난 픽 웃으며 남순 안에 담겨 있을 말을 내 입에 대신 올렸다.

"가서 말려. 동우도 없잖아. 우리 학년도 아닌 것 같은데."

"같이 갈 거지?"

남순의 말에 나도 모르게 발길이 뒤로 향했다. 우리가 숨어 있던 골목 귀퉁이는 어둠에 가리워 있었다. 저쪽에서 뚫어지게 보지 않는 한 어두컴컴하게 그늘진 이곳의 나를 발견하기란 어려울 터였다. 그러나 여기서 더 뒤로 물러선다면 이보다 더 캄캄한 어둠 속으로 들어서 버릴 것 같았다. 후, 정말 복잡하고, 피곤했다.

난 뒤로 주춤했던 몸을 꼿꼿이 세웠다. 무슨 바람인지, 그날만큼은 나도 남순의 뒤를 좇고 싶었다. 그저 골목이 너무 어두워서 이곳에 혼자 남겨지기보다는 남순을 따라 조금이라도 밝은 곳으로 나가고 싶었던 걸까? 나는 남순의 손을 붙잡고 뛰었다.

"가자."

남순과 함께 한 발 내디딘 곳에서는 탁한 노란색 가로등이 흐릿하게나마 어둠 속을 비추고 있었다.

14

가로등 불빛을 받아 노란색을 띤 교복 셔츠에 박힌 하얀색 명찰. 축축하게 젖은 듯한 골목길. 그 골목 끝에서 갑자기 나타난 우리를 커다래진 눈으로 바라보는 수아. 그 세 가지가 눈에 들어왔다. 하얀색 명찰. 1학년이라는 뜻이었다.

"뭐야?"

빛을 등진 채 긴 그림자를 늘이며 다가온 나와 남순을 본 1학년 중 하나가 앞으로 한 발 나서며 물었다. 궁금증보다는 경계심이 담긴 목소리였다. 남순이 옆에서 팔꿈치로 나를 툭 쳤다. 뭐? 나는 입 모양만으로 남순에게 물었다. 남순은 그런 내 팔을 잡더니 나처럼 입 모양만으로 무어라 말하며 나를 앞으로 떠밀었다.

"너희 뭐냐니까?"

1학년이 잘 보이지 않는 어둠을 헤치기 위해서인지 살짝 인상을 쓰고 고개를 앞으로 쭉 뺐다.

"흠흠."

난 그런 1학년의 움직임에 맞추어 우리의 모습이 더 잘 보이게끔 한 발 앞으로 나아갔다. 1학년은 우리를 확인하더니 고개를 뒤로 물렸다. 드디어 확인한 모양이었다. 우리의 가슴팍에 박힌 녹색 명찰을.

"너희야말로 이런 곳에서 뭐 하냐?"

나는 고개를 쭉 뺐던 1학년에게 물었다.

"야…… 우리 학교 2학년인데……?"

앞에 서 있던 1학년이 뒤로 물러나 다른 1학년에게 작게 중얼거리는 말이 들려왔다. 남순도 그 소리를 똑똑히 들은 모양이었다. 뒤에서 내 팔꿈치를 툭툭 밀기만 하던 남순이 그제야 직접 앞으로 나섰다. 그 당당한 기세에 옹기종기 모여 있던 1학년 학생 셋이 까딱하고 살짝 고개를 숙여 인사를 해 왔다. 남순이 1학년에게 다시 물었다.

"못 들었냐? 너희 여기서 뭐 하고 있었냐고!"

"아, 저희 그냥……."

"그냥 뭐?"

"아니, 저흰 그냥 길 가는데 이 누나가 지나가길래요."

"지나가면 그냥 지나가게 두면 되지, 왜 이쪽으로 왔어?"

1학년 학생이 얼버무리려 했지만 남순은 계속해서 따졌다. 남순의 말에 1학년 학생은 아무 말도 않고 뒤로 꽉 막힌 골목만 하릴없이 둘러보았다. 그러자 이번에는 다른 1학년 학생이 뒤에서 나와 남순과 자신의 친구 사이를 가로막으며 상황을 무마하기 시작했다.

"에이, 저희 잠깐 얘기 중이었어요."

"……."

1학년과 남순 사이에 침묵이 오갔다. 침묵이 길어지는 것 같아 내가 작은 소리로 입을 열었다.

"얘기 끝났으면 그만 집에 가."

"아, 네, 안 그래도 이제 갈 참이었어요. 형들, 다음에 동우 형이랑 같이 놀아요. ……그럼 안녕히 가세요."

분위기가 묘해지려는 참에 내가 상황을 마무리 지으려 나서자 1학년 아이들도 순순히 물러섰다. 아이들은 다시 처음처럼 고개를 까딱여 보이고는 서둘러 우리 곁을 지나쳐 갔다.

"하아……."

나도 모르게 살짝 한숨이 나왔다. 이 상황에 지쳤기 때문이기도 했지만, 더 큰 이유는 따로 있었다. 옆에서 수아의 시선이 느껴졌던 것이다. 의도적으로 고개를 반대편으로 돌려 버렸다. 도저히 수아를 마주할 용기가 나지 않았다. 이제는 내가 이 상황을 피해 도망가 버리고만 싶었다. 나는 남순을 바라보았다. 남순이 그런 내 마음을 알아주길 바라면서. 그러나 남순은 나를 보고 있지 않았다. 남순은 수아를 바라보고 있었다. 나는 조금 전 남순이 했던 것처럼 팔꿈치로 남순을 툭 치며 말했다.

"야, 김남순, 가자……."

그러나 남순은 대답 없이 가만히 수아에게 시선을 두고 있었다. 내 쪽으로는 고개도 돌리지 않았다. 어쩔 수 없이 나도 남순의 시선을 따라 수아를 바라보았다. 푹 숙이고 있던 고개를 들며 수아의 발부터 시작해 점차 시선을 옮겼다. 내 시선은 수아의 상체에 이르러 멈추었다.

수아의 교복은 어둠 속에서도 눈에 들어올 정도로 더러워져 있었다. 왜 또 그런 꼴이 되어 있는 것인지. 짜증스러운 마음에 인상이 써졌다. 짜증? 그게 짜증이었을까? 그냥 가슴 한쪽이 답답하고 불편했던 것 같다. 보고 싶지 않은 것을 보고야 말았다는 생각. 난 곧바로 다시 고개를 반대편으로 돌려 버렸다.

남순과 수아와 나. 셋 사이에 어색한 침묵이 감돌고 있었다. 수아는 그런 우리를 얼마간 바라보다가 말없이 뒤를 돌아 걸음을 옮겼다. 그런 수아를 잡은 것은 남순이었다. 남순이 수아의 손목을 잡았다. 갑작스러운 접촉에 수아는 깜짝 놀라며 남순의 팔을 쳐 냈다. 수아는 공포에 질린 얼굴이었다. 공포의 주체는, 아마도 우리였을 것이다. 난 수아의 얼굴 대신 바닥을 바라봤다. 그때, 위쪽에서 남순의 억눌린 목소리가 들려왔다.

"미안…… 해."

팔을 잡은 것에 대해서인지, 괴롭힘에 대해서인지, 남순은 사과를 했다. 그 알 수 없는 사과를 수아는 아무 말 없이, 조금 크게 뜬 눈으로 듣고는 다시 뒤돌아섰다. 남순은 그런 수아를 다시 잡으려다가 멈칫하고는 자신의 손을 내려다봤다. 남순의 손이 힘없이 밑을 향해 툭 떨어졌다. 남순도 자신의 손에서 내가 느꼈던 그 불쾌한 끈적임을 느끼고 있는 게 아닐까? 그 모습을 보는 내 머릿속에 그런 생각이 조용히 떠올랐다.

"야, 근데 왜 따라가고 있는 거냐, 우리?"

"혼자 보내기 좀 그렇잖아, 해도 졌고."

내 질문에 남순이 멍한 얼굴로 답해 왔다. 더 이상 남순에게 뭐라 말을 걸 수가 없었다.

그렇게 침묵 속에서, 우리는 수아를 집까지 데려다 주었다. 아니, 수아가 집까지 걸어가는 길을 졸졸 따라 걸었다. 우리가 속닥거릴 때도, 우리가 침묵할 때도, 수아는 뒤를 돌아보지 않았다. 집 앞에 도착해 문을 열기 전, 딱 한 번 돌아보았을 뿐이다. 그때 수아는 들리지 않을 정도로 작은 목소리로 입을 열었다. 다행히도 세상이 온통 침묵과 어둠에 잠겨 있던 덕에, 그 낮은 소리가 우리에게까지 와 닿았다.

"고마워, 사과해 줘서."

수아는 남순을 바라보며 그렇게 말하고는 문을 열고 들어가 버렸다. 난 수아가 들어간 문을 멍하니 바라보고 있다가 곧 남순에게로 고개를 돌렸다. 내 옆의 남순은 최근 보지 못했던 표정으로 활짝 웃고 있었다. 그 얼굴에 나도 모르게 옅은 미소가 나왔다. 비록 나는 제대로 사과할 줄도 모르고 도와주는 일조차 버거워하는 비겁한 겁쟁이였지만, 남순은 달랐다.

난 주머니에 손을 찔러 넣었다. 안에서 부드러운 물건 하나가 잡혔다. 나는 손에 잡힌 물건을 감싼 채 주먹을 꽉 쥐었다.

15

그 후로 남순과 수아는 집 근처에서 마주치면 종종 이야기를 나누곤 했다. 나와 남순은 방과 후에 곧잘 수아네 집 근처 공원으로 갔고, 수아는 어쩔 수 없이 그런 우리와 자주 맞닥뜨렸다. 처음엔 우리를 피해 서둘러 집으로 가 버렸지만, 이젠 수아도 남순과 나와 함께 나란히 공원에 앉아 이야기를 나누게 되었다. 수아는 남순과 금세 친해져 잘 어울려 지냈고, 그런 수아와 이야기를 나누는 남순도 무척 즐거워 보였다. 그 대화에 끼지 않은 채 옆에 앉아 듣고만 있는 시간이 더 많긴 했지만, 나도, 그 시간이 즐거웠던 것 같다.

"어, 이거 뭐야? 일기야? 너 일기도 써?"

"야! 내놔!"

수아는 목이 마르다는 남순에게 자신의 가방에 물이 있으니 꺼내 먹으라고 하더니, 곧 남순의 물음에 깜짝 놀라 앉아 있던 미끄럼틀에서 벌떡 일어섰다. 수아의 가방을 뒤적이던 남순의 손에는 단단한 표지의 노란 공책 한 권이 들려 있었다.

"맞나 보네!"

수아의 격한 반응에 남순도 덩달아 벌떡 몸을 일으키더니 장난스러운 표정으로 씩 웃어 보였다. 수아가 놀이 기구 위로 마구 뛰어 올라가자 남순은 위에서 폴짝 뛰어내렸다.

"어, 어! 이거 본다! 봐!"

남순은 금방이라도 펼칠 듯이 두 손으로 공책을 쥐어 보이며 놀이터를 달리기 시작했다.

"야! 김남순!"

수아도 그런 남순을 따라 달렸다. 남순은 수아를 피해 내가 앉아 있는 놀이 기구를 중심에 두고 뱅글뱅글 몇 바퀴 돌더니 갑작스럽게 내 눈을 바라보았다.

"패스!"

"응?"

남순은 힘 빠진 동작으로 휙 하고 내게 공책을 넘기더니 모랫바닥에 털썩 주저앉아 헉헉댔다. 갑작스럽게 공책을 건네받은 나는 뒤에서 달려오는 수아의 모습과 빨리 도망가라고 손짓하는 남순의 재촉에 엉겁결에 공책을 들고 달리다가 몇 걸음 안 가 주춤대었다.

그랬으니 당연히 얼마 못 가 수아의 손에 어색하게 잡혀 노란색 일기장을 돌려줄 수밖에 없었다.

"아…… 자……."

"에이, 재미없게!"

여전히 땅에 주저앉은 채로 남순이 소리쳤다.

"이게!"

수아는 그런 남순에게 가서는 머리를 쥐어박으며 장난을 쳤다. 난 그 모습을 멍하니 바라보고 있다가 결국 웃음을 터뜨리고는, 덩달아 그쪽으로 달려가 남순을 괴롭히는 일에 동참했다. 놀이터에 바람이 살짝 불어왔다. 춥지는 않았다. 오히려 땀을 살짝 식혀 주며 기분을 들뜨게 만드는 바람이었다. 아직도 그때를 생각하면 나도 모르게 웃음이 난다. 정말로 기분이 좋았는데.

—
16

남순이랑 수아는 순식간에 친해졌어요. 수아가 남순이랑 놀면서 웃는 모습을 자주 볼 수 있었죠. 수아는 정말 밝은 아이였어요. '제 눈에' 그래 보였던 거지만요.

*

얌전히 지내, 한마디만 남기고서 주말인데도 아버지는 회사에 나갔다. 조용한 집 안에는 나뿐이었다. 느지막이 일어나서 오후 2시까지는 그럭저럭 버틸 만했지만, 시간이 더 흐르자 좀이 쑤셔 더 이상은 집에 가만히 있을 수가 없었다. 나는 대충 모자를 눌러쓰고 이어폰과 휴대전화, 그리고 지갑만 간단히 챙긴 뒤 집을 나섰다. 딱히 갈 곳이 있는 것은 아니었다. 그냥 동네나 한 바퀴 돌까 싶었다. 문을 열고 나서자 곧 닥칠 겨울을 예고하듯 대낮에도 하늘은 우중충한 회색빛을 띠고 있었다. 종일 집 안에 혼자 있던 사람이 밖으로 나와 처음 맞이하는 것치고는 꽤 우울한 풍경이었다. 나는 귀에 이어폰을 꽂고 천천히 걷기 시작했다. 어디로든, 목적지를 정하지 않은 채 발길 닿는 대로 아무렇게나 걸었던 것 같다. 내가 걷는 방향에 사람이 나타나면 옆 골목으로 피해 갔고, 길고양이라도 보이면 쪼그려 앉아 구경을 했다. 그렇게 한 시간 남짓 걸었을까? 나는 그분과 마주쳤다.

순간 주춤하며 걸음을 멈췄다. 맞은편에 보이는 사람은 수아의 어머니였다. 어색하게 주위를 둘러보니 나는 어느새 습관처럼 수아네 집 근처에 와 있었다. 최근 수아와 어색하게나마 어울려 놀긴 했지만 수아네 어머니를 뵙는 것은 정말 오랜만이었다. 이대로 못 본 척 지나칠까 하는 생각이 머릿속을 스쳤지만, 그러기엔 이미 주춤하는 나의 모습이 딱 봐도 어색한 누군가를 길에서 마주쳐 어쩔 줄 몰라 하는 사람 같았다. 나는 어색하게 귀에서 이어폰을 빼냈다.

"안녕하세요."

멋쩍게 웃으며 고개를 살짝 숙여 수아의 어머니께 인사를 드리는 순간, 아차 싶었다. 키가 자그마했던 초등학생 시절을 넘어 훌쩍 커 버린 나를 알아보실까 하는 생각이 스쳐 지나갔다.

"어머, 아든이 아니니! 정말 오랜만이다. 어디 가는 길이니?

걱정과는 달리 수아의 어머니는 마치 며칠 전에도 만났던 사람인 양 반갑게 나의 인사를 받아 주셨다. 그 명랑함에 내가 느끼던 어색함도 조금 풀리는 것 같았다.

"아뇨, 그냥 심심해서 운동을 좀……."

"어머, 얘는 참 성실하기도 하네. 그래, 요즘 어때? 학교는 잘 다니고?"

"그냥 그럭저럭 다녀요."

'학교'라는 단어에 움찔 마음이 찔려 시선을 돌리며 얼버무렸다. 그저 흔하디흔한 안부 인사였지만, 학교 얘기가 튀어나오자 괜한 죄책감이 들었다. 수아 어머니도 수아의 일을 알고 계실까? 알 수 없었다. 나는 수아네 어머니가 알고 계시기를 바라는 걸까, 모르시기를 바라는 걸까? 그것 또한 알 수 없었다.

"그래, 오랜만에 보니까 반갑네. 저녁은 먹었니?"

"아직요……."

"잘됐다, 애! 괜찮으면 오랜만에 우리 집에서 저녁 먹고 가! 어머니께는 내가 전화드릴게. 고기 해 먹을 건데!"

수아의 어머니는 그렇게 권하며 손에 들고 계시던 장바구니를 들어 보이셨다. 그 움직임에 장바구니에 아슬아슬하게 걸쳐 있던 과자 봉지 하나가 떨어져 내렸다. 나는 순간적으로 그것을 잡아 다시 장바구니 안에 넣으며, 수아 어머니 손에서 내 손으로 자연스럽게 장바구니를 넘겨받았다. 그러자 수아 어머니가 싱긋 웃어 보이셨다.

"저런, 이런 실수를 다 하고……. 그럼 갈까?"

그러고는 장바구니를 그대로 내게 맡긴 채, 자연스레 내 발걸음을 이끄셨다.

17

수아의 집에 도착하고 보니 어린 시절의 추억이 조금씩 떠오르기 시작했다. 초등학생 시절 이후로 거의 와 보지 않았던 수아네 집은, 사소한 면에서야 조금 변해 있었어도 전체적인 모습은 예전 그대로였다. 하긴 예전이라고 해봤자 겨우 5년쯤 지났을 뿐이지만. 나는 대리석으로 된 신발장을 손으로 훑으며 집 안에 들어섰다.

"천천히 구경해."

시선으로 천천히 집 안 이곳저곳을 살피는 나를 보며 수아의 어머니가 싱긋 웃어 보이셨다.

"아, 네."

그렇게 대답한 뒤 나는 대리석 신발장을 옆으로 밀어 보았다. 슬라이드 형식의 신발장은 예전처럼 끼익하는 소리도 없이 스르륵 부드럽게 열렸다. 신발장 안에는 전보다 많은 물건이 들어 있었지만 여전히 빈 공간이 있다. 가지런히 정렬된 몇 개의 신발 상자들이 보였다. 특유의 섬유 유연제 향에 드문드문 퀴퀴한 냄새가 섞여 들어왔다. 수아와 숨바꼭질을 할 때마다 내가 단골로 숨어들던 장소였다. 그때는 이런 틈에 몸을 숨길 수 있을 정도로 작았었구나. 수아에게 잡혀 신발장에서 나오며 "너희 아버지 발 냄새 너무 심해!" 하며 콜록거렸던 기억이 떠올랐다. 내 말에 수아도 웃음을 터뜨리고는 했다. 그런 생각을 하며 나도 모르게 피식 웃고는 신발장을 도로 닫았다.

신발장을 지나 꺾인 복도를 돌아가니 수아의 방문이 보였다. 전에는 이곳에서도 많이 놀았지. 살짝 열린 문틈을 살피고 있는데, 갑자기 수아 어머니의 목소리가 바로 옆에서 들려왔다.

"구경하고 싶니?"

나는 깜짝 놀라 방문 앞에서 한 발짝 물러섰다. 수아 어머니는 그런 날 보고 웃으며 방문 손잡이를 잡으셨다.

"살짝 구경해 볼래?"

"그래도 돼요?"

"음…… 수아한테는 비밀이다?"

그러면서 수아 어머니는 입가에 집게손가락을 가져다 올렸다. 나는 조심스러운 발걸음으로 수아 어머니를 따라 방 안에 들어섰다. 시선을 휘휘 옮겨 보았다. 침대, 책상, 책꽂이 그리고 옷장. 가구 몇 개가 바뀌긴 했지만 옷장만은 그대로였다. 잘 사용하지 않는 이불들을 넣어 두던 그 옷장은 수아와 내가 푹신한 이불을 바닥 삼아 들어가 앉아 옷걸이에 손전등을 걸어 놓은 채 시답잖은 이야기를 주고받던 아지트였다.

"저 옷장은 아직 있네요?"

"응, 많이 낡긴 했는데 버리기 아까워서 그냥 그대로 뒀지. 그러고 보니 너희 이 안에 들어가 자주 놀았지?"

수아 어머니가 그렇게 말하며 옷장 문을 살짝 열었다. 옷이나 새 침구 대신, 여전히 그곳에는 거의 사용하지 않는 낡은 이불들만 놓여 있었다. 손전등은 이제 보이지 않았다. 나는 옆에 있는 수아 어머니를 돌아보며 웃고는 옷장 바닥에 얇게 깔린 이불을 손바닥으로 살짝 쓸어 보았다. 손 밑에 놓인 부들부들한 천의 촉감에 기분이 좋았다.

그때, 부드러운 이불 안쪽에서 무언가 딱딱하고 네모난 것이 느껴졌다. 응? 나도 모르게 다시 한번 그곳을 손으로 훑었다. 역시나 무언가 놓여 있었다. 홀린 듯 이불을 걷어 그것을 확인하려는 찰나, 거실에서 쉭쉭하는 소리가 들려왔다.

"참! 물 다 끓었나 보다. 가자!"

수아 어머니는 손뼉을 치더니 서둘러 거실로 나갔다. 나도 얼른 그 뒤를 쫓아 나가면서 옷장 문을 한 번 더 슬쩍 바라보았지만, 문은 이미 굳게 닫혀 더는 속을 보여주지 않았다. 난 꾹 닫힌 옷장 문에 더 이상의 집착 없이 뒤돌아 방을 나섰다.

거실로 나가자 수아 어머니가 테이블에 찻잔 두 세트를 내려놓고 있었다. 나는 찻잔이 놓인 자리에 가 앉았다.

"레몬차 괜찮지?"

"네, 감사합니다."

따뜻한 레몬차였다. 집에서 만든 것으로 보이는 레몬 절임이 식탁 한편에 놓여 있었다. 차를 한 입 머금어 보았다. 너무 달지도 않고 싱겁지도 시지도 않은 레몬의 맛이 느껴지고, 이어 끈적거리는 뒷맛이 남았다.

"조금만 기다리면 수아 올 거야. 같이 저녁 먹자."

벽에 걸린 시계를 보았다. 벌써 5시를 향해 가고 있었다. 내 시선을 따라 시간을 확인한 수아 어머니가 싱긋 웃어 보이셨다.

"얘가 요즘 뭔 일이라도 있는지 주말에도 집에 붙어 있질 못하고 자꾸 밖으로 나돌아서 걱정이야. 사춘기라 그런가? 엄마한테는 통 말이 없고……."

"하하……."

내 쪽을 바라보는 수아 어머니의 시선을 모른 척하고 싶어서, 어색하게 웃은 뒤 손에 쥔 찻잔만 내려다보았다. 고개를 들 수가 없었다.

"혹시…… 수아 요즘 학교에서 무슨 일 있는 거니? 뭔가 할 말이 있는 것 같아 보이긴 했는데…… 얘기를 꺼내지는 않더라고."

"네? 아…… 그게……."

순간 가슴이 내려앉는 기분이었다. 쿵쿵쿵 심장이 떨려 왔고, 찻잔을 쥔 손도 떨리는 것 같았다. 그 떨리는 손이 수아 어머니의 눈에도 보일 것 같았다. 수아 어머니도 수아가 이상하다는 것을 눈치채고 있었던 것이다. 학교에서 무슨 일이 있는 거라고. 떨리는 심장 탓에 목소리까지 떨려 나갈까 싶어 아무 말 못 하고 있는데, 수아 어머니가 작게 한숨을 쉬는 소리가 들려왔다.

"그래도 최근엔 조금이나마 예전 모습을 되찾은 것 같던데, 친구랑 잠깐 다투기라도 했던 건가…… 아줌마 혼자 고민이 많았어. 그래서 이렇게 너를 붙잡아 두고 이러고 있네. 수아한테 직접 물어볼까 했는데 괜히 더 상처가 될까 봐……. 수아가 밝아 보여도 사실 부모님 걱정을 많이 하는 애거든. 말 한마디도 조심스럽게 하게 되고 그러네."

나는 여전히 고개를 숙인 채였다. 사실대로 말해야 할까? 알 수 없었다. 나는 사실대로 말하고 싶은 걸까? 그것 또한……. 수아의 어머니와 나 사이에 한참 동안 침묵이 오갔다.

"아함."

갑갑한 침묵이 언제까지 이어질까 싶을 때쯤, 수아 어머니가 갑자기 크게 기지개를 키셨다. 그와 동시에 무거웠던 분위기도 쨍하고 깨져 버렸다.

"그냥 아줌마도 답답해서 푸념해 본 거야. 누구한테라도 털어놓아야 조금 속이 시원해지는 그런 고민 있잖니. 그래, 아든이 너는 요즘 별일 없고?"

툭, 별일 없냐 묻는 수아 어머니의 말에 또다시 심장이 잘게 요동치기 시작했다. 떨리는 손을 들키지 않기 위해 찻잔을 꾹 움켜쥐고 차를 들이켰다. 진정해, 진정해. 속으로 되뇌어도 진정이 되지 않았다. 끈적한 레몬 절임이 목구멍을 틀어막아 말소리가 나오지 않았다. 난 그저 작게 고개만 끄덕여 보였다.

18

수아 어머니와 이야기를 나누던 중, 딱 저녁 식사 때에 맞추어 수아가 집으로 들어왔다. 수아는 순간 어리둥절하고 놀란 눈으로 나를 바라보더니, 이어 묻는 듯한 시선을 어머니에게로 돌렸다.

"아, 길에서 우연히 만나서 데려왔어. 저녁이라도 먹고 가라고."

수아가 다시 나를 바라보았다. 수아의 시선을 받자마자, 나는 앉아 있던 식탁에서 벌떡 일어섰다.

"아, 저는…… 가 볼게요. 역시 저녁은 다음에……."

"아니, 저녁을 먹어야……."

수아네 어머니는 그런 나와 수아를 번갈아 바라보며 망설이셨다. 나를 저녁 식사에 말없이 데려온 것이 사춘기 딸의 감성을 자극하는 일이 된 것일까 하는 생각에 혼란스러우신 것 같았다. 나는 식탁에 내려놓았던 휴대전화를 챙겨 들었다. 그때, 무표정한 얼굴을 한 수아의 말이 나를 잡았다.

"그냥 먹고 가."

나는 휴대전화를 움켜쥐던 손을 문득 멈추었다.

텔레비전에서는 영화가 한창이었다. 화면에라도 집중할 수 있게 자극적인 소재를 다룬 다큐멘터리라든가 웃음이 터지는 예능 프로그램이라도 봤으면 싶었지만, 채널은 처음 틀었을 때 고정

되어 있던 프로그램에 멈춰서 바뀔 줄 몰랐다. 수아는 내 옆에서 화면에만 시선을 둔 채 가만히 앉아 있었다.

수아 어머니는 금방 식사를 준비해 주겠다고 하고는 우리를 거실에 앉히고 텔레비전을 틀어 준 뒤 부엌으로 들어가셨다. 잠시 소파에 가만히 앉아 있던 수아가 혹시 한 친구 더 초대해도 되냐고 묻자, 어머니는 화색이 되어 당연하다고 고개를 연신 끄덕이셨다. 수아는 곧장 남순에게 메시지를 보냈다.

남순과 저녁 식사를 기다리는 지금, 우리는 의미 없이 텔레비전 앞에 앉아 있었다. 순간 텔레비전에서 나오는 영화의 장면이 바뀌어 화면이 온통 어둠 속에 잠기면서, 덕분에 커다란 텔레비전에 나와 수아가 나란히 비치게 되었다. 검은 화면 안에서 수아와 나의 시선이 마주쳤다. 나는 서둘러 그 시선을 피해 버리고는 몸을 딱딱하게 긴장시켰다. 숨 막히도록 어색한 공기 사이로 수아가 갑자기 말을 걸어왔다.

"일기 쓰는 건 좋은 것 같아."

수아의 말에 나는 화들짝 놀라 두 손을 내저었다.

"나 네 일기 안 봤어."

내 반응에 수아는 고개를 한쪽으로 기울였다.

"알아. 그때 바로 나한테 잡혀서 돌려줬잖아."

"아, 그랬지……."

난 속으로 안도의 한숨을 내쉬며 재빨리 고개를 끄덕여 보였다. 그 모습에 수아가 피식 웃었다.

"저거 말이야."

수아가 집게손가락으로 우리 앞에 의미 없이 놓여 있는 텔레비전을 가리켰다.

"응……?"

"안 보고 있었어?"

"아, 응, 아니……."

수아의 말에 나는 그제야 작게 고개를 흔들어 정신을 차리고는 텔레비전 화면에 시선을 고정했다. 그저 지루한 영화라고만 생각했는데, 가만히 들여다보니 제목이 꽤 익숙했다.

"저 여자 주인공한테 뭐든 적는 습관이 있거든."

이번에는 수아의 말에 금방 고개를 끄덕였다. 나도 아는 영화였다. 영화의 여자 주인공이 공황에 빠진 듯 방 안의 온갖 물건을 부수고 있었다. 난 그 장면을 보며 영화의 도입부를 떠올려 보았다.

영화는 이렇게 시작된다. 수아의 말대로 무엇이든 메모를 하는 습관을 가진 여자가 등장한다. 어느 날 여자는 실수로 누군가를 살해하고 만다. 여자는 당황해 허둥대다가, 갑자기 미친 듯이 종이를 찾아 마구 펜을 움직이기 시작한다. 그러던 중, 종이 위를 날듯이 움직이던 볼펜이 갑자기 멈춘다. 이렇게 자세히 적어도 되는 걸까? 누가 보기라도 하면? 그럼 난 어떻게 되는 거지? 여자는 기록을 멈추고 종이를 태운 뒤, 결국 자신의 잘못을 숨긴 채 살아가기로 한다.

그러나 그 후 여자는 점점 망가져 간다. 마지막에 이르러서는 다시 처음의 미친 듯이 펜을 움직이던 여자의 모습이 등장했던 것으로 기억한다. 이제 텔레비전 속 영화 장면도 마지막으로 달려가고 있었다. 그런데, 결국 저 여자가 어떻게 되었더라? 잘 기억이 나지 않았다.

"저 영화, 원작은 책이래."

"맞아."

난 화면에 시선을 고정한 채 수아의 말에 답했다.

"알고 있었어?"

"응, 난 책으로 봤어."

그랬다. 별로 흥행하지 못한 영화임에도 제목이 익숙했던 이유. 나는 저 영화를 책으로 읽은 일이 있었다.

"뭐야. 그러면 이미 내용 다 알겠네."

"아니, 잊어버렸어."

정말이었다. 뜨문뜨문 조금씩 오랜 시간에 걸쳐 읽었던 탓일까, 결말이 잘 생각나지 않았다.

"그래?"

내 대답에 수아는 다시 흥미로운 표정으로 화면에 시선을 고정했고 나도 다시 영화에 집중했다. 그러나 허무하게도 결말을 몇 분쯤 앞두고 갑작스럽게 텔레비전 화면이 전환되더니 요란스러운 광고 방송이 시작되었다.

몸을 꼿꼿이 세운 채 화면을 들여다보고 있던 수아는 맥이 풀린 듯 작게 한숨을 내쉬며 소파에 등을 기댔다. 나도 덩달아 맥이 빠져 수아처럼 소파 등받이에 몸을 기댔다. 잠시 소란스러운 광고 소리가 이어지던 중, 수아가 내게 말을 걸어왔다.

"그런데 넌 이제 일기 안 써? 전에는 썼잖아."

갑작스러운 질문에 잠시 고민하다가 입을 열었다.

"응. 초등학생 때 이후로는 안 썼지. 매일 쓰기 귀찮아서……."

"나도 매일은 안 써. 쓰고 싶을 때만 쓰지. 너도 나중에라도 한번 써 봐."

"그래……."

작게 답한 뒤, 다시 어색한 침묵 속에 가라앉고 싶지 않아 난 잠시 생각하다가 수아에게 물었다.

"언제 쓰고 싶은데?"

"그냥 특별한 일이 있을 때. 꼭 나중에 다시 읽어 볼 게 아니더라도 그때그때의 감정이 일기를 쓰면서 정리가 되니까 좋더라. 너랑 다시 만난 날에도 썼어."

수아는 그렇게 말하며 나를 보고 웃었다.

"아, 정말……?"

나는 눈을 크게 떠 보이며 멋쩍게 수아를 따라 웃고는 뒷머리를 매만졌다.

"근데, 너 우리 엄마한테 이상한 말 한 건 아니지?"

"응? 어떤……?"

순간 진지한 표정으로 나를 빤히 바라보는 수아의 눈빛에 나는 당황해 어물거렸다.

"……안 했지?"

수아는 한 번 더 추궁하듯이 내게 물었다. 수아가 무엇에 대해 이야기하고 있는 것인지 모르면 얼마나 좋을까. 쓸데없이 이럴 때만 눈치가 빠른 나는 수아가 하고 싶은 이야기를 너무나도 잘 알고 있었다. 나는 아무 말도 못 하고 입술만 달싹였다. 그러자 수아가 작게 한숨을 쉬었다.

"하지 마."

그 단호한 태도에 무슨 말을 어떻게 해야 좋을지 알 수 없어 나는 애꿎은 손가락만 잡아 뜯었다.

"그냥. 괜찮으니까, 하지 마. 알겠지?"

그러고서 수아는 웃어 보였다. 왜인지 그 얼굴을 보고 있자니 도저히 그 입에서 나오는 말을 거부할 수 없을 것 같은 기분이었다. 왜였을까? 수아의 눈이 금방이라도 눈물을 떨굴 듯 촉촉해 보여서? 아니, 애초에 내가 수아 어머니에게 사실을 전할 생각이 없었기 때문이었을까? 어쩌면 좋은 핑곗거리를 얻었다고 안도했던 걸지도 모르겠다. 수아의 부탁에, 나는 고개를 돌린 채 그저 말없이 고개만 끄덕였다.

곧 남순이 도착하자, 수아는 아무 일도 없었던 것처럼 다시 밝게 웃으며 우리와 놀았다. 수아 어머니는 그런 우리에게 연신 웃는 얼굴로 자꾸만 과일을 깎아다 주셨다. 결국 영화는 결말을 보지 못한 채로 나의 기억에서 점차 사라져 갔다.

2부

가해자였다

—

19

우리가 셋만의 비밀스러운 우정을 쌓아 갈 무렵, 동우에게 흥미로운 일이 찾아왔다. 학기 초 큰 키와 준수한 외모 덕에 동우의 눈에 들어 무리에 끼게 되었지만 겉보기와 달리 소극적인 내게 흥미가 떨어질 때쯤 등장한 '전학생'은 동우에게 꽤 자극적인 이벤트 거리였다. 덕분에 아이들의 관심사에서 벗어난 우리는 편안하게 학교생활을 즐길 수 있었다. 손쉽게 수아에게 상처를 주었던 아이들은 한낱 장난에 불과했다는 식으로 손쉽게 수아에게서 관심을 돌렸다. 그게 허무하면서도, 참 다행이라는 생각이 들었다. 어쨌든 좋은 타이밍에 전학생이 온 덕에 모두의 관심은 그 아이에게로 쏠렸다.

"전학생?"

"그래, 저번에 온다던 전학생. 오늘 온다던데."

남순의 말이 끝나기 무섭게 선생님이 전학생을 뒤에 세운 채 교실 문을 열었다. 모두의 시선이 열리는 교실 문으로 향했다. 남순과 나도 대화를 멈추고 앞문을 응시했다. 먼저 키가 작은 담임 선생님이 교실로 들어서고, 그 뒤를 이어 당당한 풍채의 남자아이가 따라 들어섰다.

남자아이는 웃고 있었다. 서른 명쯤 되는 아이들의 예순 개쯤 되는 눈이 온통 자신에게로 쏠려 있는데도 부끄러워하기는커녕 눈을 피하거나 얼굴을 굳히지도 않고 오히려 씩, 입꼬리를 올려 웃어 보였다. 척 보아도 만만치 않은 느낌의 아이였다. 그때, 바로 그때부터 나의 예감은 좋지 않았다.

"호제라고, 오늘 우리 학교로 전학 왔어."

선생님은 짧게 소개하고는 직접 자기소개를 해보라는 듯 호제를 바라보았다. 그에 이제는 담임선생님까지 합세한 모두의 시선이 호제에게로 향했고, 호제는 그런 우리의 시선에 화답해 까딱하고 고개를 한 번 숙여 보였다. 그것이 자기소개의 끝이었다.

조회 시간이 끝나고 선생님이 나가자 술렁거리기 시작하는 교실 한가운데로 호제는 터벅터벅 나아갔다. 그 애는 선생님이 정해 주신 자리로 가는 대신 교실 맨 뒷자리로 향했다. 모두가 흘끗흘끗 그런 호제의 움직임을 눈으로 좇았다. 호제는 맨 뒷자리에 도착하더니 턱 하고 한 팔을 맨 뒷자리에 앉은 아이의 책상에 올려놓았다. 그러고는 놀란 눈을 들어 올리는 아이를 내려다보며 싱긋 웃는 얼굴로 말했다.

"야, 너 이 자리 마음에 들어?"

"아, 응······?"

"아니, 난 선생님이 정해 주신 자리가 별로 마음에 안 드는데, 너는 네 자리가 마음에 드나 궁금해서. 마음에 들어?"

그러면서 호제는 선생님이 배정한 자기 자리를 턱짓으로 가리켰다. 나와 남순, 그리고 교실 안 모두의 시선이 그런 호제와 호제 앞의 아이에게로 쏠려 있었다. 어느새 묘한 침묵이 내려앉았고, 호제를 마주 본 아이는 당황스러운 표정으로 눈을 굴렸다. 그때 였다. 동우가 갑자기 씩 웃으며 호제에게 다가섰다.

동우는 천천히 호제와 그 앞의 아이에게로 걸어가더니, 당황스 러운 눈빛으로 앉아 있는 아이의 어깨에 팔을 둘렀다.

"야, 너 맨날 자리 마음에 안 든다고 그랬잖아. 맞지?"

"아, 어…… 내가……?"

"그래, 너 눈 안 좋아서 칠판 잘 안 보인다며."

동우는 갑작스럽게 얼굴에서 웃음을 싹 거두고는 정색을 했다.

"아니야?"

"아, 아니. 맞아……."

다 죽어 가는 목소리가 작게 흘러나오자 동우는 다시 씩 웃었 다. 호제는 그런 동우를 위아래로 훑으며 빤히 바라보고만 있었다.

"그랬지? 내 말이 맞지? 잘됐네, 그럼 얘랑 자리 바꿔. 야, 네가 여기 앉아라. 이런 게 일석이조 아니겠어?"

동우는 그렇게 말하며 호제와 곧 비게 될 자리를 차례대로 턱 짓으로 가리켰고, 자리를 빼앗긴 아이는 서둘러 책상 위에 있던 물건들을 정리하더니 짐을 가슴팍에 한 아름 안고 둘 사이를 빠 져나갔다.

동우는 그런 아이의 등을 장난스럽게 쳤다.

"아……."

"야, 고맙다. 근데 너, 이름이 뭐더라?"

"아…… 이동현……."

"그래. 동혁아, 고마워, 응?"

"응……."

동우는 아이 쪽은 쳐다보지도 않은 채 영혼 없는 목소리로 고맙다는 인사를 했고, 아이는 잘못 불린 이름에도 별다른 대꾸 없이 동우 곁을 피했다.

"와, 그럼 전학생이 내 짝꿍 된 거네. 잘 지내 보자?"

동우는 마찬가지로 맨 뒷자리에 있는 자신의 자리에 털썩 주저앉아 씩 웃으며 호제에게 손을 내밀었다.

"그래."

호제도 그 손을 잡으며 동우와 마찬가지로 씩 웃어 보였다.

호제는 삽시간에 학교의 유명 인사가 되었다. 전 학교에서 사고를 쳐 쫓기듯 전학을 왔다는 소문도 금세 퍼지기 시작했다. 자리 강탈 사건 이후, 어느새 호제는 나보다도 더 동우 무리와 잘 어울려 다니게 되었다. 그런 두 아이가 함께하는 동우 무리는 예전과 비교도 되지 않을 정도로 막강했다. 다른 아이들도 그것을 느꼈던지 그 둘과는 웬만하면 엮이고 싶어 하지 않았다. 무리를 피해 조심히 다니는 것이 눈에 보일 정도였다.

그리고 그런 둘의 눈에 띈 것은 엄연한 내 실수였다.

"야, 아든, 오랜만이다?"

"그러게."

급식실에서 나와 남순을 본 동우가 어깨에 팔을 두르며 말을 걸어왔다. 정말 오랜만인 것 같았다. 같은 반이지만 호제가 전학을 온 뒤로는 어쩐 일인지 서로 인사도 잘 나누지 않던 터였다. 지금 와서 갑자기 인사를 해 오는 이유가 뭘까? 나는 미심쩍은 얼굴로 내 앞에 선 둘을 바라보았다.

동우가 호제 옆에 서 있는 모습은 마치 여우와 호랑이가 나란히 있는 양 우스워 보였다. 뒤에 서 있는 호랑이를 못 본 채 다른 동물들이 자신을 보고 도망간다고 생각한 여우 이야기가 떠올라 나도 모르게 피식 웃음이 나왔다. 그런 꼴을 아는지 모르는지, 동우는 내 웃음의 의미를 인사로 받아들이고 자연스레 나의 어깨에 팔을 두른 채 급식실 바깥까지 죽 이어진 줄의 맨 앞으로 걸음을 옮겼다.

"뭐 하러 서 있고 그래. 배고프지? 자, 들어가자."

나와 남순은 서로 눈치를 보다가, 괜한 말썽을 만들지 말자는 마음에 결국 별말 없이 줄의 맨 앞으로 따라가 섰다. 아무도 그런 우리에게 불만을 드러내지 않았다. 적어도 겉으로는. 지금까지의 기다림이 무색하게도 우리는 곧장 식기 앞에 도착해 있었다. 숟가락과 젓가락을 빼 들며 동우는 어느새 우리 중에서도 맨 앞줄에 서 있던 호제에게 우리를 소개했다.

"아, 얘넨 내 친구 이아든이랑 김남순이."

나와 키가 거의 비슷한 호제는 내 모습을 위아래로 훑더니 시원하게 생긴 입을 씩 올려 웃고는 한마디 했다.

"흐음, 키 크네. 근데 좀 소심해 보이는데?"

"아든이가 좀 착하긴 하지."

호제의 말에 나의 위치는 단번에 '지질이'로 전락했고, 동우가 역시 웃는 얼굴로 한마디 거들면서 그 위치는 거의 확정이 났다고 봐도 좋았다. 나는 어이없는 눈으로 둘을 바라보다 아무 말 없이 식판으로 눈을 돌렸다. 이로써 그리 원치도 않았던 나의 시대가 한물간 것이다. 그리고 그와 함께 동우의 시대 또한 한물갔다는 것을, 동우만이 아직 모르고 있는 것 같았다.

20

어느 날, 호제가 전학을 왔어요. 위험한 분위기를 풍기는 애였어요. 호제가 동우와 어울리기 시작하면서 언젠간 마주칠 일이 있겠다 싶긴 했죠. 그래도 피할 수 있다면 피하고 싶었어요. 별로 친해지고 싶은 느낌의 아이는 아니었으니까. 바보같이 반 아이들 모두 같은 시간에 모이는 급식실에 간 게 잘못이었죠. '평소처럼 그냥 매점에 가서 사 먹을걸.' 남순이랑 저는 후회하듯이 그런 얘길 하곤 했어요.

*

"잘됐지, 뭐! 걔네는 이제 저희들끼리 놀라고 해! 우린 우리끼리 놀고!"

우리는 예의 구관에 들어가 매점에서 사 온 것들을 먹고 있었다. 건물의 맨 위층, 옥상으로 이어지는 문 앞 복도에 상자를 잔뜩 깔고 앉아 바깥을 향해 난 작은 창에서 쏟아지는 햇살을 만끽하는 중이었다. 모르는 사이 성큼 다가온 겨울날 유일하게 햇볕을 쬘 수 있는 시간대가 지금이었다.

"누가 뭐래?"

남순이의 패기 넘치는 외침에 나는 샌드위치를 우적우적 씹으며 대꾸했다.

"너 사실은 호제한테 지질이로 찍혀서 안심하고 있지?"

"뭐? 누가 그래?"

"이미 수아가 다 말해 줬거든. 너 사실은 싸움 같은 거 엄청 싫어하고 못한다던데?"

남순의 말에 난 대충 둘러대며 샌드위치를 먹던 동작을 멈추고 고개를 들어 옆을 바라봤다. 수아가 한 손에 빵을 든 채 큭큭 웃음을 참고 있었다. 체육복 차림의 수아는 아주 편한 자세로 상자 더미 위에 앉아 있었다. 난 수아에게 어쭈, 하고 작게 말해 보았다.

"맞잖아. 너 어릴 때⋯⋯."

"됐으니까 거기까지 해라."

"내가 이거 얘기했었나? 얘 어릴 때, 자기보다 어린 애들한테도 맨날⋯⋯."

"이게⋯⋯!"

내가 자리에서 벌떡 일어서자 수아도 함께 벌떡 일어나 남순의 뒤로 얼른 숨더니, 남순의 귓가에 손을 가져다 대고 빠른 속도로 주절주절 이야기를 늘어놓았다.

"어린 애들한테 돈 뜯기고는 쟤가 우리 집 와서 엉엉 울던 게 엊그제 같은데."

그럴 거면 손으로 가리긴 왜 가렸는지, 내 귀에도 수아의 이야기가 쏙쏙 들어와 박혔다. 내가 남순의 어깨 너머로 팔을 쑥 뻗자 어느새 일어선 남순도 수아를 뒤에 숨긴 채 요리조리 내 팔을 피했다.

"키만 커서는!"

"더럽게 키만 커서는!"

놀리듯 수아가 선창하면 거기에 덧대 남순이가 복창을 했다.

"됐다!"

나는 한숨을 쉬고 다시 자리에 주저앉아 샌드위치를 우적우적 씹었다. 그런 내 옆에 바짝 다가와 앉으며 남순이 놀리듯 물었다.

"그래도 다행이지?"

"그래, 겁나게 잘됐다 싶네!"

남순을 흘겨보며 그렇게 말하자 수아와 남순은 뭐가 그렇게도 우스운지 둘이 한참을 낄낄거렸다.

21

"어라? 너희 왜 거기서 나와?"

"아……."

점심시간이 끝나기 5분 전, 살그머니 건물에서 빠져나오던 우리는 동우와 호제를 맞닥뜨렸다. 둘은 우리 뒤쪽 건물을 건너다보며 아주 흥미롭다는 얼굴로 눈을 빛냈다.

"그런 너희는, 아직까지 급식실에 있었던 거야?"

둘의 시선을 돌리기 위해 나는 구관 맞은편에 위치한 급식실을 가리키며 물었다.

"아, 이것 때문에 점심 늦게 먹었거든. 그보다, 와, 여기 들어갈 수 있는 거였어?"

동우는 씩 웃으며 무슨 표창장이라도 되는 양 "금연을 합시다"라고 적힌 팻말을 들어 올렸다. 나는 동우의 손에 들린 팻말을 바라보며 살짝 눈살을 찌푸렸다. 내 표정은 아랑곳없이, 동우는 우리 옆으로 다가와 구관의 문을 열어 안을 살폈다.

"웩, 먼지 봐라. 그래도 꽤 쓸 만한데? 야, 이런 좋은 곳을 너희만 알고 있으면 어떻게 하냐?"

동우는 구관 안쪽으로 고개만 빼꼼 집어넣고 휘휘 둘러보며 능청스럽게 말했다. 호제도 주머니에 손을 꽂은 채 동우의 뒤에

서서 구관을 흥미롭게 바라보고 있었다.

"야, 선생님 볼라. 빨리 문 닫아."

"그래그래."

우리의 공간이 침범당한 것이 못마땅해, 난 구관의 문을 잡고 금방이라도 닫을 듯 동우를 재촉하며 퉁명스럽게 말했다. 그러고는 동우가 고개를 뒤로 물리자자마자, 문을 탁 소리 나게 닫아 버렸다. 그 탓에 내 쪽으로 시선이 끌린 것인지, 이제껏 건물에 눈이 팔려 보지 못했던 내 옆의 수아를 동우가 발견했다.

"뭐야, 너희 왜 이 계집애랑 같이 나와?"

이상하다는 듯 한쪽 눈썹을 치올리며 고개를 쭉 내밀고 수아를 보던 동우의 입꼬리가 순간 씩 올라갔다.

"야, 너희 설마……."

동우는 입꼬리를 올린 얼굴로 나를 바라보며 한 손으로는 주먹을 쥐고 다른 손은 쫙 펴더니 퍽퍽 소리 나게 손을 맞부딪쳐 보였다. 그 저질스러운 동작에 수아는 찌푸린 얼굴을 반대쪽으로 휙 돌려 버렸다.

"친구 좋다는 게 뭐냐? 좋은 건 공유하자니깐……."

동우는 친근한 척 내게 다가와 어깨동무를 하며 곁눈질로 수아를 훑었다.

"그런 거 아냐."

"아닌 척하긴. 그럼 이 음침한 건물에서 여자애 데리고 할 게 뭐 있냐? 난 벌써 졸업하신 우리 선배님들이 이 건물을 어떻게 썼을지 짐작이 간다. 아는 놈만 그동안 재미 좀 봤겠네. 안 그래?"

"남동우……! 그런 거 아니라니까. 우리는…… 그래, 우린 수아랑 화해했어."

계속되는 저질스러운 얘기에 여태 가만히 있던 남순이 발끈해서 외쳤다.

"화해?"

남순의 대찬 발언에 단박에 표정을 바꾸고는 동우가 눈썹을 치올렸다. 그 모습에 남순은 아차 싶었는지 저도 모르게 동우의 시선을 피해 고개를 돌렸다. 동우가 그런 남순에게 무언가 더 말하려 할 때였다. 그동안 가만히 듣고 있던 호제가 입을 열었다.

"얘가 누군데?"

호제의 손가락은 정확하게 수아를 가리키고 있었다.

"있어, 예전에 우리 물먹인 년."

동우가 툴툴대는 투로 툭 내뱉었다.

"근데 화해했다고?"

"그렇다는데. 야, 너희 친구 먹었냐?"

"그래, 친구 먹었다!"

동우가 맘에 안 든다는 듯 눈썹을 찡그리며 묻자 남순이 당차게 대꾸했다. 그리고 호제는 구관을 발견했을 때보다 더 흥미로운 눈으로 수아를 보고 있었다.

"그래? ……예쁘게 생겼네. 학교에 너만큼 예쁜 애는 없는 것 같던데……. 쟤네랑 친구면 우리랑도 친구 아냐? 잘 지내 보자."

호제는 수아에게 손을 내밀었다.

22

호제는 위험해 보이는 아이였어요. 그런 호제가 수아에게 호기심을 보였죠. 그리고 그건 꽤 큰 변화를 몰고 왔어요. 호제가 관심을 가진다는 사실 하나로 수아 곁에 반 아이들이 다가오기 시작했거든요. 수아는 어색해했지만 그 덕에 수아가 다시 학교생활에 잘 적응할 수 있게 된 것도 사실이었어요.

*

학교에서 관계와 흐름은 언제나 너무나도 빠르게 변한다. 편을 갈라 싸우던 애들이 언제는 쟤 편이 되었다가도 다시 보면 걔 편이 되어 있는가 하면, 친했던 애들이 한순간 돌아서기도 하고, 서로 있는 줄도 몰랐던 애들이 어느새 둘도 없는 사이가 되기도 했다. 흐름은 항상 정신을 차릴 수 없이 빨랐고, 의도치 않은 그 흐름에 우리는 물 밀리듯 쓸려 다녔다.

"지루하다, 지루해."

초등학생 때부터 계속 태권도를 해 왔다는 호제는 전 학교에서 운동하던 중 선배의 억지스러운 '군기 잡기'에 화가 나 한바탕 뒤집어엎고서 이곳으로 전학을 왔다고 했다. 하필 운동부라고는 배드민턴 동아리밖에 없는 우리 학교로 전학을 오게 되어 하던 운동도 그만두게 된 호제는 학교생활이고 공부고 전부 지루하다고 입버릇처럼 말하고는 했다. 그런 호제가 안됐다면 안됐다고도 할 수 있었지만, 늘 군림하는 게 당연하다는 듯 주인이 있는 뒷자리도 자연스레 차지해 버린 모습을 생각하면 또 마냥 그렇지만도 않았다.

"심심해? 그럼 학교 끝나고 우리랑 놀러 갈래?"

"음…… 뭐 할 건데?"

"그냥, 시내 나가서 놀게. 우리는 고등학생 오빠들이랑도 친하거든."

"그래?"

반에서, 아니 우리 학년에서 제일 잘나가는 아이라고 모두가 인정하는 호제와 가까워지기 위해 노는 무리의 여자아이들이 호제 곁을 둘러싸고 앉아 말을 걸었다. 하나같이 화장을 진하게 하고 교복을 몸에 꼭 붙도록 한껏 줄인 아이들이었다. 그중 몇몇은 호제와 대화를 나누는 중에도 화장을 고치고 있었다. 그러나 호제는 그런 아이들의 말에도 심드렁한 표정이었다.

그러던 호제가 갑자기 대각선 앞에 앉은 수아의 등을 쳐다보더니 씩 웃었다.

"야, 너는 학교 끝나고 뭐 하냐?"

"……."

호제의 부름에도 수아는 뒤를 돌아보지 않았다. 호제와 대화하던 여자아이들의 시선만 수아의 뒤통수로 쏠렸다.

수아가 대답을 않자 호제는 고개를 한 번 갸우뚱하고는 수아의 어깨를 손끝으로 톡톡 건드렸다. 그 손길에 놀랐는지, 수아의 어깨가 위로 크게 들썩였다.

"응? 아…… 나한테 물어본 거야?"

"그래, 너."

호제가 장난스럽게 대꾸하며 다시 손가락으로 수아의 어깨를 꾹 눌렀다. 그런 모습을 난 그저 바라보고만 있었고, 호제 옆의 여자아이들 역시 묘한 표정으로 둘을 번갈아 바라보았다.

그때 한 여자아이가 얼른 수아에게로 가 어깨에 팔을 두르며 말을 붙였다.

"맞다! 수아야, 너도 끝나고 우리랑 노래방 갈래?"

수아는 그 아이의 행동에 당황해 몸을 뒤로 살짝 뺐지만, 어느새 다른 아이도 와 수아 옆에 섰다.

"그래, 같이 놀러 가자! 우리 저번에 같이 숙제하고 나서 떡볶이도 먹으러 갔었잖아."

"와, 진짜? 야, 너 수아랑 친했구나?"

"맞아, 나 수아랑 친해. 우리 같이 떡볶이도 먹은 사이야."

여자아이들은 뭐가 그렇게 재미있는지 저희들끼리 대화를 주고받으며 웃고 떠들어 댔다. 수아는 자신 앞에서 이야기를 쏟아

내는 아이들을 당황스러운 표정으로 바라볼 뿐이었다.

"야, 같이 놀래? 학교 끝나고 뭐 해? 학원 같은 건 안 다니지?"

그런 수아를 보며 호제가 다시 한번 물었다. 이번에는 여자아이 셋과 호제까지, 총 네 사람의 눈길이 수아에게로 쏟아졌다. 그러나 호제는 대답을 듣지 못했다.

"야, 여기."

당황스러워 아무 말도 못 하고 있는 수아의 앞으로 내가 불쑥 공책을 내밀었다.

"아…… 응?"

내가 내민 공책에 수아는 더 혼란스러운 얼굴이 되어서 나를 올려다보았다. 그리고, 호제와 그 곁에 있던 여자아이들도 모두.

"아까 숙제 빌렸었잖아. 다 봤다고."

이따가 줘도 될 것을. 나는 굳이 왜 이 순간 공책을 건네서 수아 대신 네 명의 시선을 한 몸에 받고 있는 거지? 난 바보처럼 그 말을 끝으로 공책만 수아의 책상에 탁 올려놓고는 다시 자리로 돌아왔다.

"……"

"……"

나로 인해 대화가 끊겨 저쪽에서는 침묵이 이어졌다. 그리고 나에게로 향하는 따가운 시선도 느껴졌다.

"……그래서, 갈 거지?"

"그래, 가자, 가자! 우리 다음에 떡볶이 또 먹으러 가자고 그랬 었잖아. 거기 괜찮았지?"

그러나 침묵도 잠시, 그들은 다시 대화를 이어가기 시작했다. 이윽고 잠시 고민하던 수아의 입이 열렸다.

"알겠어……."

"와, 대박! 그럼 이따 끝나고 같이 가야 된다? 호제야, 너도 갈 거지?"

"가야지."

호제가 씩 웃으며 대답하자 여자아이들은 좋다고 호들갑을 떨 어 댔다. 그리고, 얼핏 본 수아도 미묘하게나마 들뜬 얼굴이었다.

23

"너희 둘, 사귀냐?"

다음 쉬는 시간, 수아가 잠시 화장실에 간 사이 호제가 내게 다가와 물었다. 사귄다고 대답하면 당장에 한바탕 싸움이라도 벌일 것 같은 위험스러운 분위기였다.

"그냥 친구야."

"그래?"

내 대답에 호제는 그렇게 되물으며 씩 웃고는 아무 말 없이 자리를 떴다. 나는 괜스레 침을 한 번 꿀꺽 삼켰다. 묘한 긴장감이 우리 둘 사이에 흐른 터였으니까. 다행히 호제가 자리를 뜬 뒤로 청소 시간까지는 별다른 문제가 없었다. 사건은 청소 시간에 벌어졌다.

언젠가 봤던 익숙한 장면이었다. 달라진 것은 사람 하나뿐인 장면. 그러나 모든 것이 달라 보였다. 호제가 수아의 일기장을 들고 복도 이곳저곳을 달리며 쫓아오는 수아를 피해 도망가고 있었다. 수아는 걸음을 멈추고 차오르는 숨을 헉헉 뱉어 내며 가만히 서서 호제를 노려보았다.

정말 싫다는 듯 수아의 표정이 잔뜩 굳어 있었다. 오로지 호제만이 싱글벙글 웃는 얼굴로 수아를 바라보았다. 교실로 들어서려던 난 인상을 쓰고 그 모습을 바라보았다. 신경 쓰지 않으려 애썼다. '그냥 노는 거야, 노는 거.' 나 스스로에게 최면을 걸듯 되뇌며 교실로 한 발 들어섰다. 그러나 그 최면은 수아를 다시 바라보는 순간 효력을 다했다. 애초에 보지를 말았어야 했는데. 난 교실에 한 발을 걸친 채로 멈춰서 둘을 바라보았다.

"나 이런 거 진짜 싫어하거든. 진짜로 짜증 나니까 내놓으라고!"

"싫은데! ×월, ×일, 오늘 학교가 끝나고……."

"야!"

정말로 화를 내고 있는 수아 앞에서, 호제는 수아의 분노가 커지면 커질수록 더욱더 크게 웃으며 기어코 일기장을 펼쳐 들었다. 쉬는 시간 복도에 바글바글 모여 있는 학생들이 크게 울려 퍼지는 호제의 목소리에 귀를 기울였다.

다들 웃기만 할 뿐 말리는 사람은 아무도 없었다. 수아가 다시 호제에게로 득달같이 달려들었다. 그러나 호제는 잽싸게 몸을 돌려 피했다.

그리고, 그런 호제의 앞에는 바로 내가 서 있었다. 웃는 얼굴로 자신의 뒤를 쫓는 수아를 바라보며 달리던 호제는 앞에 서 있는 나를 부주의하게 피해 갔다.

그 순간 내가 호제의 팔을 재빠르게 움켜잡았다. 갑작스럽게 팔을 잡힌 탓에 호제가 휘청하며 뒤로 크게 기울었고, 수아의 파란 공책은 그 옆에 작게 탁 소리를 내며 떨어졌다. 호제는 거칠게 내 손을 쳐 냈다.

"뭐냐?"

호제의 화난 눈동자가 내게 향했다. 나는 침을 한 번 꿀꺽 삼켰다.

"……선생님이 찾아."

급하게 생각해 낸 변명거리가 생각보다 그럴싸했는지, 호제의 눈에서 힘이 조금 풀렸다.

"아, 또 뭐가 걸렸지?"

호제의 말에 나는 어깨를 위로 으쓱여 보였다. 호제는 거칠게 머리를 털었다. 난 교실 밖에 걸쳐 있던 발을 다시 안으로 물렸다. 그러자 문턱과 내 발 사이에 있던 단단한 무언가가 툭 하고 채였다. 난 의식적으로 고개를 빳빳이 든 채, 밑에 놓여 있을 물건에 시선을 주지 않으려 했다.

내 발치에 놓인 일기장을 본 수아는 빠른 걸음으로 내 쪽을 향해 다가왔다. 그러나 수아가 미처 일기장을 주워 올리기 전, 호제가 재빠르게 그것을 집어 자기 머리 위로 들어 올렸다.

"아, 내놔!"

"싫은데. 가져갈 수 있으면 가져가 봐."

호제는 씩 웃으며 획 돌아 교무실로 향했다.

"야!"

수아가 그 뒤를 따라갔고, 또 그 뒤를 내가 따라갔다.

"야, 너는 왜 따라와?"

한참 가다가 그제야 돌아보고 나를 발견한 호제가 물었다.

"아…… 나도 같이 오래."

내 말에 호제는 고개를 살짝 갸웃거렸다.

"너랑 나? 조합이 이상한데……."

"그러게……."

"뭣 때문인지 알아?"

"아니."

나는 모르겠다는 얼굴로 교무실 문을 바라보았다.

"뭐, 가 보면 알겠지."

호제가 기울었던 고개를 바로 세우고 문고리를 잡으며 말했다. 난 호제의 손목을 잡았다. 다시 한번, 호제의 불만 어린 눈이 나에게 향했다. 나는 서둘러 호제의 손목을 놓고는 다른 손을 들어 호제가 들고 있는 일기장을 가리켰다.

"그거, 놓고 가는 게 좋지 않을까. 괜히……."

"흠……."

"그래, 내놔! 따라 들어가서 선생님한테 말하기 전에."

고민하듯 뜸을 들이는 호제를 수아가 닦달했다. 그에 호제가 웃어 보였다.

"아, 알았어, 알았어. 자."

그러면서 호제는 수아에게 일기장을 내밀었지만, 수아가 미처 손을 뻗어 일기장을 잡기도 전에 얼른 다시 뒤로 손을 물렸다.

"야!"

그렇게 몇 번 더 장난을 치고 나서야 호제는 수아에게 일기장을 돌려주었고, 수아는 일기장을 건네받자마자 화난 발걸음으로 돌아갔다. 이어, 호제가 노크도 없이 벌컥 교무실 문을 열었다.

"야, 잠깐⋯⋯."

미처 내가 막아설 새도 없었다.

"선생님, 저 찾으셨다면서요!"

무언가 잘못해서 불려 왔을지도 모를 상황인데도 호제는 큰 목소리로 당당하게 선생님을 불러 젖혔다. 그 덕에 교무실에 있는 모든 선생님의 시선이 우리에게로 쏠렸다. 호제에게 불린 담임 선생님은 고개를 갸웃거리며 우리 쪽을 바라보았다.

"응? 교무실에는 웬일이니?"

"네? 선생님이 찾으셨다고⋯⋯."

호제는 말끝을 흐리며 흘끔 나를 바라보았다. 그러자 나와 호제를 번갈아 바라보던 선생님이 피식 웃었다.

"어휴, 너희 장난 좀 그만 치고 공부나 열심히 해!"

선생님의 말에 잠시 어리둥절한 듯 서 있던 호제가 갑자기 웃음을 터뜨렸다.

"아, 뭐야, 선생님이 찾은 거 아니었어요?"

“그래. 참, 마침 잘 왔다. 이리 가까이 와 봐.”

“네? 왜요.”

주춤 물러서려는 호제에게 선생님은 가만히 가까이 오라는
손짓을 했다. 그러고는 호제가 불만스러운 발걸음으로 살짝 다가
서자 잽싸게 호제의 손을 낚아채서는 코에 가까이 가져다 댔다.

“아, 선생님!”

그러나 선생님이 손에 짙게 밴 담배 냄새를 맡기 전에, 호제는
잽싸게 손을 빼더니 교무실 문 쪽으로 달려갔다.

“너……!”

“선생님, 그럼 전 이만 가 보겠습니다!”

선생님의 외침에도 빠르게 호제가 문 밖으로 나가 버린 뒤 어
색하게 남은 나는 끄덕 고개를 숙여 보이고 문으로 향했다. 교무
실 문 앞에 다다라서는 살짝 망설였지만, 결국 천천히 교무실에
서 나와 문을 닫고 고개를 들었다.

주머니에 손을 찔러 넣고 서 있는 호제의 모습이 정면으로 보
였다. 나도 모르게 침이 꿀꺽 넘어갔다.

“야, 뭐냐?”

호제는 씩 웃는 얼굴로 삐딱하게 서서 내게 물었다. 난 어색하
게 웃어 보였다.

“그냥, 장난.”

“장난?”

어설픈 변명이 끝나기 무섭게 호제는 성큼 다가오더니 내 멱살을 움켜쥐고 들어 올렸다. 교복 셔츠가 위로 한껏 올라갔다. 나는 당황해서 커진 눈으로 그런 호제의 팔을 잡았다. 호제는 여전히 웃는 얼굴이었다. 나는 흡 하고 숨을 들이쉰 상태로 멈춰 긴장하다가 천천히 눈을 내리깔았다. 그러자 내 멱살을 움켜잡았던 호제의 손이 스르르 풀렸다. 호제는 주먹 쥔 손으로 내 얼굴을 가볍게 툭 때렸다.

"나도 장난."

그렇게 웃는 얼굴로 말하고서 호제는 나를 복도에 남겨둔 채 돌아갔다. 난 가만히 손을 들어 아프지도 않은 볼을 만져 보았다.

24

"이아든……? 야, 괜찮아?"

교실로 가기 전 화장실에 들러 거울 속 모습을 확인하고 왔다. 분명히 그땐 내 표정이 이상하거나 하지 않았는데. 아무 일 없어 보이는 얼굴이었는데. 그러나 교실로 들어서자마자 한 손에 빗자루를 든 채 아이들과 어울려 있던 남순이 하던 말을 멈추더니 요상한 얼굴을 하고 나에게 다가왔다.

"응, 괜찮아."

나는 한 손을 들어 그런 남순을 물리며 내 자리에 가 앉았다. 다행히 청소가 거의 다 끝나 뒤로 빼 두었던 책걸상이 제자리에 정리되어 있었다. 곧 호제도 교실로 들어섰다. 나보다 먼저 자리를 뜨고도 늦게 들어온 호제를 나는 쳐다보지 않으려 애썼다. 남순은 우리 둘의 분위기를 살피느라 연신 고개를 좌우로 돌려 댔다.

소문이 순식간에 퍼졌다. 누군가 벌써 복도에서 나와 호제가 '장난'을 치고 있던 모습에 대해 조잘조잘 떠들고 다녔는지, 교실 분위기를 살피니 다들 흘끔대며 나와 호제의 눈치를 보고 있는 것 같았다. 남순도 내게 무언가 묻고 싶은 것이 많은 듯 입술을 달싹였다. 그런 남순에게 나는 결국 살짝 웃어 보였다. 그러자 남순도 눈치 보던 것을 멈추고 내 어깨를 탁 쳤다.

"야, 너 그런 일이 있었으면 나한테 말해 줘야지, 왜 아무 말도 없고 그래? 가자……!"

"가긴 어딜 가? 대신 싸워 주게?"

앞자리의 의자를 거꾸로 돌리고 앉은 남순을 향해 나는 피식 웃으며 물었다.

"아든아, 자고로 폭력은 폭력을 낳는 법이라고 했어. 그건 좋지 못한 방법이야! 그게 아니라, 뭐 기분 전환이라도 하자는 얘기지."

"참 대단한 우정이다."

"아니, 정말 왜 나한테 말을 안 해 줘? 섭섭하다, 야."

"너도 저번에 나한테 바로 말 안 하고 나중에야 얘기했잖아."

"아, 그건……."

내 완벽한 대응에 남순은 난감한 듯 시선을 돌리며 볼을 긁적이더니, 바보처럼 헤헤 하고 웃어 버렸다. 그때 수아가 끼어들어 불쑥 입을 열었다.

"원래 그런 건 이야기하기가 힘들잖아."

"아, 그런가……?"

수아의 말에 남순이 볼을 긁던 손으로 턱을 괴며 이번에는 고민하는 몸짓을 해 보였다.

"무슨 일이었는지는 몰라도, 넌 왜 이아든한테 바로 말 못 했었는데?"

134

"음…… 쪽팔리니까……? 나 혼자 말할까 말까 고민하다가 말해 줬던 거야."

짧은 고민 후 남순이 수아의 말에 답하면서 다시 바보처럼 헤헤 웃어 보였다. 그런 남순의 모습에 수아도 따라서 살짝 웃었다.

"……그럼 나한테는 왜 말 안 해? 난 아직도 너한테 무슨 일이 있었는지 모르는데."

수아가 다시 진지한 표정으로 남순에게 물었다. 그러자 이번에는 남순의 얼굴도 수아처럼 진지하게 바뀌었다. 동우와 다투었던 때를 떠올린 듯, 아까보다 조금 더 긴 고민 끝에 남순의 말이 이어졌다. 남순이 평소답지 않은 진지한 얼굴로 수아를 바라보는가 싶더니, 곧 확신에 찬 듯한 목소리가 들려왔다.

"네가 걱정할 것 같아서."

수아는 남순의 말을 듣고 미소를 짓는 것 같았다. 내가 조금 커진 눈으로 그 미소를 바라보고 있을 때 청소 시간 끝을 알리는 종이 울리고, 수아는 자리로 돌아갔다. 결국 나는 수아에게도, 남순에게도, 조금 전 내게 무슨 일이 있었는지 말하지 못했다.

25

언제든 기회만 생기면 터질 준비가 되어 있는 듯 보였던 호제
는, 나를 상대로 한차례 기선 제압을 한 다음 마치 서열 정리라도
하는 양 동우와도 싸움을 벌였다. 동우와의 싸움은 사소한 계기
로 시작되었다.

"야, 주먹은 이렇게 쥐고!"

"아……."

동우는 아직 초등학생 티도 벗지 못한 작고 왜소한 아이를 하
나 붙잡더니 싸움을 가르쳐 준답시고 비웃음거리로 만들고 있
었다.

"야, 한번 쳐 봐. 괜찮다니까, 쳐."

동우의 말에 아이가 어설프게 주먹을 휘두르자 주변에서 웃음
소리가 터져 나왔다. 동우가 그 동작을 흉내 내며 주먹을 내지르
자 웃음소리는 더 커졌다. 동우는 다시 "그게 아니라……" 하면
서 아이에게 주먹질을 시켰다.

동우의 떠드는 소리가 아무 관심도 없이 가만히 앉아 있는 내
귀에까지 들려왔다. 그리고, 당연히 그 소리는 호제의 귀에도 들
어갔을 것이다. 멀찌감치 떨어져 앉은 나와 달리 호제는 바로 동
우의 옆자리에 앉아 있었으니까. 잠시 동우의 이야기를 듣고 있

던 호제가 불쑥 입을 열었다.

"아는 척하고는."

"뭐?"

"아니, 웃기잖아."

호제가 피식 비웃음을 지으며 동우의 주먹질을 작게 흉내 내자 여자아이들이 까르르 웃어 댔고, 동우의 표정을 굳어져 갔다.

"너 지금 뭐 하냐?"

"뭐가?"

호제는 능청스럽게 대꾸하며 다시 쉭쉭, 바보처럼 주먹을 휘둘러 보였다.

"야, 이 개새끼야."

동우가 결국 버럭 욕을 내뱉으며 호제의 멱살을 움켜잡았다. 그러나 멱살을 잡혔음에도 호제는 여유로운 표정으로 가만히 웃고만 있었다.

방과 후 두 사람이 싸움을 벌일 것이라는 소문이 곧 모든 반에 쫙 퍼졌다. 다들 수업 시간에는 선생님 눈치를 보느라 입을 다물고 있다가 쉬는 시간만 되면 호제와 동우의 싸움을 두고 이야기 꽃을 피웠다.

"누가 이길 것 같아?"

"당연히 호제지."

대부분은 그렇게 대답했다. 그리고 내 생각도 다르지 않았다.

"따라와라. 쫀 건 아니지?"

"당연하지."

호제가 자리에 앉아 있는 동우의 어깨를 툭 한 번 치고는 걸음을 옮기자, 동우는 조금 굳어진 얼굴로 앞서가는 호제의 뒤를 쫓아 교복 주머니에 손을 넣은 채 건들거리며 걸어 나갔다.

그리고 그 뒤를 반 아이들이 조심스럽게 따랐다. 하지만 관객은 허용되지 않았다. 둘은 체육관 뒤편의 공터로 들어섰다. 따라 들어가려는 아이들을 호제의 친구들이 험악한 얼굴로 막아서자 아이들은 결국 흥미를 잃고서 돌아갔고, 궁금증을 이기지 못한 몇몇만이 계속해서 주위를 서성였다. 그리고 단 몇 분 뒤, 뒤쪽에서 걸어 나오는 호제와 동우의 모습으로 그날의 승자가 누군가에 관해서는 다들 확실히 알 수 있었다. 호제의 몸은 깨끗했고, 동우의 입가에는 옅게 핏방울이 맺혀 있었다.

26

언제 어디서 어떤 사고를 칠지 모르는 동우와 달리, 호제는 서서히 터질 준비를 하고 있는 시한폭탄 같았다. 평소에는 서글서글한 모습으로 잠자코 있다가 어느새 때가 되면 터져 작은 폭발을 일으키고는 했다. 한차례 폭발이 있은 뒤에도, 그 폭탄의 초침은 우리가 모르는 사이에 다시 조금씩 움직이기 시작했다.

*

호제가 전학 오고 나서 몇 달쯤 지났을까. 그냥 평범한 날이었어요. 날씨가 쌀쌀해지고서 드물게 찾아온 따뜻한 날이기도 했고요. 그래서 오랜만에 저희는 구관에서 햇볕을 쬐려고 했는데, 그때 호제가 찾아왔어요.

27

평범한 날이었다. 추위는 마치 장난을 치듯, 왔다가 갔다가 다시 오기를 반복했다. 그날은 추위가 잠시 뒤로 물러선 날이었다. 오랜만에 찾아온 따뜻한 햇살에 우리는 광합성을 하러 가자며 들떠 있었다. 어디서부터 잘못되었을까? 하필 그날 구관에 간 것이 잘못이었을까? 아니면 애초에 버려진 건물에 들어가 놀았던 것부터 잘못된 일이었을까? 그게 아니라면, 내가 다시 수아에게 말을 걸었던 그 순간부터 잘못이 시작되었던 건지도 모르겠다.

호제는 수아가 눈에 띌 때마다 와서 친근한 척 말을 걸거나, 가끔은 먹을 것을 툭 던지고 가기도 했다. 공포스러운 분위기와는 대조적으로 호제에겐 꽤 호탕하고 유머러스한 면이 있었고 여자애들에게는 신사적인 모습마저 보이곤 했는데, 그래서인지 학교에서도 꽤나 인기를 끌었다. 계속되는 호의와 함부로 대할 수 없는 호제의 위치 탓이었는지, 수아조차도 웬만하면 호제를 거스르지 않으려는 기색이 역력했다. 그래서였을까, 호제는 수아가 거의 넘어왔다고 생각했던 것 같다. 마치 이미 수아가 자기 여자친구라도 된 양 수아를 싸고돌았다. 그리고 호제가 수아에게 점점 잘해 줄수록 동우는 뒤에서 아니꼬운 눈으로 우리와 수아를 바라보곤 했다.

"앗, 깜짝이야!"

우리가 호기롭게 구관의 계단을 오를 때였다. 그동안 뻔질나게 드나들었어도 구관은 아직 발각되지 않은 채 여전히 문이 열린 상태였다. 언젠가 호제와 동우에게 들킨 뒤로 가끔 무리가 몰려와 담배를 피우거나 농땡이를 부린다는 것을 알았지만, 우리는 건물로 오기 전 운동장에서 그들 무리를 보았던 것을 떠올리고 이곳엔 아무도 없을 거라 확신하며 호기롭게 구관으로 들어선 터였다.

1층 문을 열었을 때도 안에 누군가가 있다는 기척은 느껴지지 않았기에 우리는 당당히 우리의 아지트를 향해 발을 옮겼다. 그러나 유일하게 해가 쨍하니 들이치는 곳, 옥상 문이 나 있는 복도에 막 올라섰을 때 우리는 그곳에서 동우를 마주쳤다. 우리를 본 동우는 한 여자아이와 밀착해 있던 몸을 서둘러 떼어 냈다.

"아, 정말! 남동우!"

동우가 놀라 멍해 있는 사이, 함께 있던 여자아이는 얼굴을 붉히면서 우리를 밀치다시피 제치고는 계단을 뛰어 내려갔다. 동우가 전에 말했던 구관의 '쓰임새'를 정말로 실천할 줄이야. 상상도 못 했던 광경에 나 역시 입만 벌린 채 멍하니 서 있었고, 내 곁의 두 사람도 마찬가지였다.

동우와 그 여자아이 때문인지 우리가 반듯하게 깔아 두었던 상자 더미는 이리저리 흐트러지고 찌그러져 있었다. 난 그 모습을 노려보다 어이가 없다는 듯 웃으며 동우에게 물었다.

"여기서 뭐 하냐?"

"하긴 뭘 해? 너희 때문에 아무것도 못 했다."

동우는 별일도 아니라는 듯 태연한 얼굴로 교복을 툭툭 털고 일어나 섰다.

"뭘 봐?"

나를 넘어 가닿은 동우의 시선을 따라 난 뒤를 돌아보았다. 계단 한 칸 아래 수아가 서서 불쾌한 표정으로 동우를 쳐다보고 있었다. 그런 수아의 표정에 동우는 비열하게 입꼬리를 올리더니 일부러 비꼬듯이 말을 뱉었다.

"뭐야? 왜, 네가 대신 해 주게?"

"야, 남동우! 그만 좀 해!"

동우의 저질스러운 말에 남순이 수아의 앞을 막아서며 외쳤다.

"됐어, 그냥 무시하자."

수아가 남순의 손목을 꾹 쥐며 고개를 돌렸다. 그 순간이었다. 동우가 수아에게로 달려들었다. 동우는 순식간에 우리의 앞으로 와 수아에게로 팔을 뻗었다. 갑작스러운 동우의 분노에, 난 멍한 얼굴로 뻗어 오는 팔을 바라보고만 있었다.

"이게, 보자 보자 하니까!"

너무 순식간에 벌어진 일이라 수아와 조금 떨어져 있던 나는 아무것도 할 수 없었지만, 남순이 순간적으로 몸을 던져 그 팔을 막아 냈다. 덕분에 있는 힘껏 뻗어 오던 동우의 팔은 남순의 머리로 향했다. 남순은 날아오는 팔에 머리통을 맞으면서도 수아를 뒤에 숨겨 냈다.

"야!"

"너희 뭐 하냐?"

나의 고함과 호제의 목소리가 날아든 것은 거의 동시였다.

누구의 소리 덕분인지 모르겠으나, 어쨌든 복도 가득 울려 퍼진 소리에 동우의 팔이 움직임을 멈췄다. 호제의 등장에 동우는 마치 제 편이 등장하기라도 한 양 환하게 미소를 지으며 빠르게 말을 뱉었다.

"야, 지금 이 새끼들이······."

"뭐야, 맞았어?"

그러나 호제는 처음부터 단 한 순간도 동우의 '편'이었던 적이 없었다. 호제는 동우의 말을 끊고는 눈썹을 치올리며 물었다. 호제의 시선은 동우가 아닌 수아에게 향해 있었다. 수아는 대답 없이, 그저 화가 나고 놀란 눈으로 남순의 팔을 감싼 채 동우를 노려보고 있었다.

우리가 호제의 무자비한 폭력을 처음으로 눈앞에서 목격한 것은 그때가 처음이었다. 갑작스럽게 동우에게 다가간 호제는 동우를 퍽퍽 발로 차기 시작했다. 호제의 발길질에 정강이를 얻어맞으며 동우는 뒤로, 뒤로 밀려 나갔다. 밀려나면서도 자존심 때문인지 숨을 거칠게 내쉬며 씩씩대고 있었다.

"너 이 새끼, 처음부터 마음에 안 들었어. 왜? 짜증 나? 응? 짜증 나냐고!"

도를 넘는 호제의 폭력이 수아를 위한 것이라는 느낌은 들지 않았다. 마치 그동안 거슬리던 동우에게 확실하게 본때를 보여 줄 기회를 잡은 듯 보일 뿐이었다. 옥상 문까지 밀려난 동우는 문에 기댄 채 씩씩댔다. 동우의 눈에 얼핏 거센 분노가 서렸다. 그 눈이 계단에 서서 싸움을 바라보고 있던 우리에게 닿아 와, 나는 움찔 어깨를 움츠렸다. 순간 눈을 빛내는가 싶더니 동우가 갑자기 크게 소리를 질렀다.

"썅!"

그리고 이어지는 쾅! 소리.

동우가 소리를 지르는 순간, 호제는 동우가 기대고 있던 문을 발로 쾅 하고 차버렸다. 몇 달간 이 건물을 드나드는 동안, 굳게 잠겨 있던 옥상 문이 열리는 것은 그날 처음 보았다. 문은 충격으로 인해 활짝 열린 채 앞뒤로 끼익거리며 흔들리다가, 바닥에 엎어져 있던 동우에게 닿아 멈춰 섰다.

"씨바."

낮게 욕을 지껄인 뒤, 동우가 바닥을 짚고 일어섰다. 호제는 그런 동우를 가만히 두지 않고 몇 번이나 더 폭력을 사용했다. 동우가 전의를 상실하고 쏟아지는 주먹질과 발길질에 몸을 가누지 못하게 될 때까지, 폭력은 끝없이 이어졌다.

"알아서 잘해라."

호제는 두려움에 떨며 바닥에 쓰러진 동우에게 그렇게 읊조리고는 돌아갔다. 동우의 입안이 찢어지며 터져 나온 피가 초록빛 바닥을 거무스름하게 물들이고 있었다. 그 모습을 바라보던 남순이 "욱" 하고 입을 막으며 고개를 돌려 버렸다.

"괘, 괜찮아?"

나조차도 순식간에 지나간 폭력의 폭풍우에 휩쓸려 아직 정신을 차리지 못하고 있는데, 수아가 한걸음에 동우에게로 다가갔다. 자신이 뭘 하고 있는지도 모르는 게 분명했다. 두려움에도, 피가 흩뿌려진 옥상의 광경에도, 당장 눈앞에 놓인 상처 입은 아이만이 수아의 눈에 들어왔던 것이다. 수아가 다가가 내미는 손을, 동우는 독기 어린 눈으로 올려다보며 부들부들 떨었다.

"꺼져!"

그 외침과 동시에 동우의 멍들고 찢긴 얼굴이 일그러지며 더 흉한 모습을 만들어 냈다. 동우는 온통 피범벅인 얼굴을 찡그리며 남아 있는 온 힘을 다해 수아의 손을 뿌리쳤다. 그 바람에 동우의 입에 고여 있던 붉은 피가 수아에게로 튀었다.

수아의 몸이 휘청했다. 앗 하는 사이 수아의 발이 중심을 잃으며 동우 주변에 흥건한 검은 피를 길게 늘였다.

28

　그날 건물에서 동우와 마주쳤고, 우리를 따라 건물에 들어섰던 호제가 동우와 한바탕 싸움을 벌였어요. 남은 거라곤 부서진 옥상 문과 옥상 바닥에 남은 핏자국뿐이었죠. 사실 그동안은 옥상에 올라갈 생각도 못 했고, 관심도 없었어요. 그날 처음으로 가 봤죠. 밑에서 올려다볼 생각조차 하지 않아 몰랐는데, 그날 처음 본 옥상은 생각보다 좁았고 울타리도 없었어요. 낡은 건물을 아지트 삼아 논다는 게 우리가 생각했던 것보다 위험한 일이라는 걸 그때 깨달았어요.

*

　"야, 야!"

　수아가 기우뚱하는 그 과정이 슬로모션으로 보였다면 거짓말일까. 하지만 정말 그렇게 보였다. 너무 놀라 소리도 내지 못한 나나 동우와 달리, 남순은 다급하게 외쳤던 것 같다. 수아와 가장 가까웠던 동우가 순간적으로 손을 뻗었다. 그러나 그 손은 중심을 잃고 쓰러지는 수아의 발목 끝에 가까스로 가닿을 뿐이었다.

　동우는 자신의 손을 아쩔하게 스치고 지나간 서늘한 피부의 감각에 눈을 질끈 감았다.

"아야……."

그러나 중심을 잃은 수아는 옥상의 딱딱한 시멘트에 엉덩이를 부딪치며 쓰러졌을 뿐이었다. 동우는 놀라 휘둥그레진 눈으로 뒤늦게 수아의 발목을 찾아 꽉 움켜쥐고는 수아를 바라봤다. 울타리랄 것도 없이, 그저 발목에서 살짝 올라온 정도의 높이로 옥상을 둘러싼 시멘트 난간에 수아의 엉덩이가 걸쳐져 있었다.

"하아……."

조금이라도 뒤로 물러났다면 꼼짝없이 수아는 담 밖으로 밀려났을 것이다. 나는 두 손으로 얼굴을 쓸며 안도의 한숨을 내쉬었고, 남순도 연달아 일어난 사건에 정신이 나갔는지 수아에게로 뻗었던 팔을 힘없이 떨구고는 바닥에 주저앉듯 쪼그려 앉았다. 정작 수아는 얼이 빠져 멍하니 앉아 있는 반면, 바로 옆에서 수아를 넘어뜨린 동우의 커다래진 눈은 작아질 기미가 없었다. 넘어지며 담에 크게 부딪쳤는지 수아가 허리께를 살살 문질렀다. 바닥에서 튄 동우의 피가 수아의 교복 셔츠와 얼굴에 몇 군데 점처럼 찍혀 있었다. 나는 다가가 수아를 일으켜 세웠다. 수아가 일어서는 것을 보고서야 조금 긴장이 풀렸다.

"뭐 하는 거야!"

수아를 일으킨 뒤, 난 아직 수아의 발목을 잡은 채 엉망인 얼굴로 바닥에 초라하게 쓰러져 있는 동우에게 버럭 화를 냈다. 동우는 그제야 허옇게 질리도록 꽉 붙들고 있던 수아의 발목에서 손을 떼어 냈다. 그 손이 미세하게 떨리는 것 같았다.

"미안……."

동우는 시선을 내리깔며 기어드는 목소리로 중얼거렸다. 수아의 발목에는 잠시 하얗게 손자국이 남아 있다가 곧 사라졌다. 동우는 덜덜 떨리는 손을 반대 손으로 감싸 쥐었다. 그런 동우의 모습은 처음이었다. 우리는 동우를 내버려 두고 건물을 빠져나왔다.

—
29

수아가 옥상에서 떨어질 뻔했어요. 그 뒤로 우린 구관에 가지 않기로 했죠. 그동안은 이런 일이 없어서 몰랐어요. 낡은 건물에서 노는 것이 얼마나 위험한 일인지. 언제 지어진 것인지는 모르겠지만 그 건물은 낡았고, 별다른 안전장치도 없었어요. 어쨌든 더는 가지 않기로 했죠. 그 일 이후 많은 게 변했어요. 하나는 구관이라는 아지트가 사라지면서 우리가 더 이상 점심시간에 모이지 않게 된 것, 그리고 다른 하나는 호제가 수아를 따라다니는 시간이 늘어나게 된 것이었죠. 남순과 저는 마치 둘 사이에 낀 방해물이라도 된 듯 자연스레 그 사이에서 빠지게 되었고요. 호제는 자기가 수아를 구해 낸 일을 영웅담처럼 떠들고 다녔고, 어찌 되었든 그건 사실이었기에 수아도 호제에게 모질게 굴지 못했죠.

*

우리가 구관에 오르지 않기로 한 이후로 많은 것이 변했다. 호제는 수아의 마음을 얻는 데 성공한 것처럼 늘 수아 옆에 붙어다녔다. 어디를 가든 수아에게 같이 가자고 했고, 수아가 어디를 가려 하면 같이 가려 했다. 처음엔 불편해하던 수아도 호제 특유의 재치 있는 말투라든지 주변 친구들이라든지 하는 이유로 곧잘 웃기 시작했다. 나와 남순은 그 모습을 그저 지켜볼 뿐이었다. 가끔은 어울려 놀기도 했지만, 전처럼 셋이 모여 노는 경우는 확연히 줄어들었다.

호제 곁의 여자아이들이 거친 언어를 사용하며 웃고 떠들 때마다 조금 난감해하는 듯했어도, 수아가 나와 남순에게서 얻지 못했던 동성 친구와의 우정을 얻는 모습은 좋아 보였다. 다시 얻게 된 친구들과 어떻게든 관계를 유지하려 애쓰는 모습이 가끔 눈에 들어왔다. 나와 남순은 그런 수아를 조용히 보고 있을 수밖에 없었다.

호제가 무서운 아이라는 건 분명했지만, 동우처럼 약자를 대놓고 괴롭히는 짓을 일삼지도 않았고, 오히려 우리보다 수아에게 더 큰 도움이 되는 것도 사실이었다. 수아가 여자아이들과 화장실로 몰려가는 모습을 바라보던 나는 저쪽 책상에 혼자 엎어져 있는 남순에게 다가갔다.

"오늘 매점 갈 거냐?"

"오늘 급식 뭐 나오는데."

"오징어 볶음."

남순은 책상에 엎드린 채 무표정한 얼굴로 눈을 껌뻑거렸다.

"매점 가고 싶어?"

해산물을 좋아하지 않는 나를 올려다보며 남순이 씩 웃었다.

내가 가만히 고개를 끄덕이자 남순은 엎드려 있던 책상에서 벌떡 일어섰다.

"가자."

"쟤는?"

나는 엄지손가락으로 복도에 선 수아를 가리켰다. 수아는 호제와 어울리는 다른 반 여자애들과 인사를 나누는 중이었다. 내가 보고 있을 땐 조금 어색해하는 듯한 모습이었는데, 하필 남순이 돌아봤을 땐 다른 아이들이 무슨 재미난 이야기라도 했는지 입을 가린 채 웃고 있었다.

"그냥 우리끼리 가자."

남순이 내 어깨를 잡고 밀었다. 어두운 표정이었다. 우리는 매점에서 먹을 것을 왕창 사 들고 운동장으로 나갔다. 운동장 한 켠에 놓인 벤치에 앉고 보니, 이곳도 학생들이 모여 노는 평범한 장소는 아닌지 한산하기 그지없었다. 남순은 부스럭거리며 봉지에서 먹을 것들을 잔뜩 꺼내 놓았다. 나는 음료 하나를 먼저 집었고, 배가 고팠는지 남순은 조그만 도시락을 집어 들었다.

"너 오징어 볶음 좋아하지 않아?"

"좋아하지."

남순이 도시락을 열어 내용물도 없이 밥알만 엄청나게 크게 뭉쳐 놓은 주먹밥을 꺼내 한 입 베어 물고는 멍하게 대답했다. 나는 음료에 꽂힌 빨대를 문 채 몸을 돌려 남순의 얼굴을 빤히 바라봤다.

"그럼 정수아도 좋아하냐?"

"좋아…… 뭐?"

남순의 반응에 내가 입술을 깨물며 웃음을 터뜨렸다. 그 덕분 입에서 빨대가 빠져 음료가 몇 방울 튀었다.

"그래서 수아가 다른 애들이랑 노는 거 보고 그렇게 기운이 없었냐?"

"뭐래? 아니야."

남순은 황급히 봉지를 뒤져 음료 뚜껑을 열더니 벌컥벌컥 들이켰다.

"고백이라도 해 봐. 너 정도면 나쁘지 않잖아."

"아니라니까……."

"왜? 성격 좋지, 얼굴…… 은 안 좋지만, 난 살면서 너만큼 착한 애 못 봤다."

"야, 나 안 못생겼거든! 내 얼굴이 뭐가 어때서? 네 얼굴이나 신경 쓰시지."

"내 얼굴은 딱히 신경 안 써도……."

내가 남순을 정면으로 바라보며 두 눈을 깜빡여 보이자 남순이 내 얼굴을 밀어냈다.

"어쩌라고. 씨, 그거 다 키 덕이거든! 더럽게 키만 커서!"

그러자니 언젠가 수아와 나를 놀리며 주고받았던 말들이 기억

나는지 남순은 피식 웃었다. 나도 그 일이 떠올랐기에 남순과 함께 피식 웃었다.

"한번 말이라도 해 보든가."

"됐어."

"왜?"

"아까 수아 봤잖아. 나는 도와줄 수 있는 것도 없었는데 호제랑 같이 있으니까 친구도 많이 생기고, 이제 누가 괴롭히지도 못하잖냐."

남순은 음료수를 만지작거리며 말했다.

"멍청이."

겪어 놓고도 잊어버린 걸까? 단지 '노는 무리'에 끼고 싶다는 이유로 만들어지는 친구 관계가 얼마나 허술한 것인지. 그래도……. 나는 아까 보았던 수아의 웃는 얼굴을 떠올렸다. 나 또한 무엇이 정답인지 알 수 없었기에 더 이상 아무 말도 할 수 없었다.

30

수아는 좋아 보였어요. 여자아이들하고 잘 어울렸고, 호제하고도 잘 지내는 것 같아 보였죠. 남순이한테 몇 번 자랑하기도 했고요. 오늘은 누구랑 이런 얘기를 했다, 누구랑 친해졌다. 잘나가는 호제 때문에 다가오는 아이들이라는 걸 알면서도 수아가 좋아 보이니 그냥 다 잘됐다 싶었어요. 그냥 다 잘 풀려 가고 있다고 생각했죠. 그래서 흐름은 언제나 갑자기 변하기 시작한다는 것도 잊고 말았어요.

*

수아는 친해진 여자아이들과 어울리기 시작했고 나와 남순은 전과 다를 것 없이 지냈다. 그렇게 몇 달간 우리는 아무 일 없었던 것처럼 예전의 모습으로 돌아와 있었다. 그때쯤 호제는 동우와 함께 3학년 형들과 친분을 쌓으며 매일 밤늦게까지 놀러 다녔던 것 같다. 그 덕에 둘은 수업 시간 내내 피로에 절어 있었다. 호제 덕에 형들과 어울릴 수 있게 된 것이 좋았는지 동우도 별다른 사고를 치지 않았다. 평온한 일상이었다. 적어도 그래 보였다. 사실은 전혀 아니었지만.

점심 식사를 하고 운동장에서 농구를 하다가 물을 마시러 다시 급식실로 향했다. 이제는 완연한 겨울이었지만 운동을 마친 직후라 난 교복 셔츠만 입은 채 한 손에 점퍼와 농구공을 들고서 급식실에 가 물을 대여섯 번 따라 벌컥벌컥 들이켰다. 땀과 물에 젖은 팔로 입가를 훔치며 급식실을 나서는데, 구관 쪽에서 사람 소리가 났다. 난 눈을 찡그리고 건물 쪽을 바라보았다.

"어?"

내 눈에 들어온 것은 구관 옆에 숨어 실랑이를 벌이고 있는 수아와 호제였다. 내 쪽까지 퍽 하는 소리가 들려올 정도로 강하게 수아가 호제를 밀쳤다. 호제는 한 발 뒤로 물러났다가 곧 수아를 때리기라도 할 듯 손을 들어 올렸다. 그리고 난 어느새 호제 앞에 서 있었다.

"무슨 일이야?"

호제와 수아 사이를 가로막듯이 선 채, 꿀꺽 침을 한 번 삼키고 물었다. 그러나 호제는 특유의 호기로운 표정으로 시원스럽게 웃어 보이더니 내 어깨를 붙잡고 말했다.

"무슨 일은. 신경 쓸 것 없어."

"근데 왜……."

'왜 때리려고 해?' 물으려던 내 입은 한심스럽게 우물거리기만 했다. 호제는 잡았던 내 어깨를 밀듯이 탁 놓았다.

"신경 쓰지 말라니까. 그냥 가라고."

평소의 웃음을 지운 채, 낮게 가라앉은 무서운 목소리로 호제가 말을 뱉었다. 난 뒤에 있는 수아를 곁눈질로 살펴보았다. 수아가 뒤에서 살짝 내 팔꿈치를 잡았다.

"야, 내 말 안 들려?"

가라앉은 목소리가 커지는가 싶더니, 순간 호제의 손이 내 멱살을 움켜쥐었다. 그 힘에 몸이 저절로 한 발 호제 쪽으로 끌려갔다. 나는 불안하게 요동치는 심장을 애써 무시하며 두 발을 땅에 제대로 붙이느라 안간힘을 썼다. 호제의 눈이 살벌하게 빛났다. 폭탄이, 곧 터질 것 같았다.

"야, 너 그냥 가."

"응······?"

툭, 수아가 그제까지 잡고 있던 내 팔에서 손을 뗐다. 손이 떨어져 나가며 서늘해진 피부의 감촉에 난 뒤를 살짝 돌아봤다. 수아가 나와 내 멱살을 움켜쥔 손을 서로 떼어 내자, 호제의 손은 쉽게 떨어져 나갔다. 난 멍하니 수아를 바라보았다.

"괜찮으니까 가. 우리 그냥 이야기 중이었어."

수아가 날 똑바로 바라보며 그렇게 말했다. 호제는 그런 수아의 어깨에 팔을 둘렀다. 나는 멋쩍게 손을 올려 뒷머리를 매만졌다. 호제가 살벌한 눈으로 내게 고개를 까닥여 보였다. 꺼지라는 뜻이었다.

난 한 발 뒷걸음질을 쳤다. 수아는 그런 나를 단호한 눈으로 바라보고 있었다. 그리고 한 발 더. 때마침 종소리가 울렸다. 난 아예 등을 돌렸다.

"간다……?"

다시 뒤를 돌아보고 묻자, 수아는 작게 고개를 끄덕였다. 그 끄덕임을 핑계 삼아 그곳을 빠져나왔다. 다시 뒤돌아보지 않았다.

31

한번은 수아와 호제가 다투는 듯한 모습을 봤어요. 수아는 별일 아니라고 했죠. 수아 말처럼 교실에서는 둘이 또 아무렇지 않아 보이긴 했는데……. 그래도 전 그 모습을 본 후로 둘 사이가 조금씩 달라지고 있다고 느끼곤 했어요.

*

호제의 스킨십이 심해졌다. 나는 그렇게 느꼈다. 이동 수업이 끝난 참이라 그런지, 교실은 썰렁한 분위기였다. 냉기가 감도는 교실에서 나는 내 자리에 가 앉고서 저만치 있는 교실의 뒷문을 쏘아보고 있었다. 이동 수업에서 돌아오는 아이들이 북적이며 들어서고 있었다. 혹시 저 아이들이 문을 닫아 줄까 하는 마음에, 난 어깨를 움츠리고 팔짱을 낀 채 뒷문을 노려보았다. 그때 수아가 교실로 들어섰다. 한 여자아이와 함께였다.

"뭐야?"

문득 수아가 화들짝 놀라며 자신의 치마 근처에 얼른 손을 가져다 댔다. 그 소리에 옆에 있던 여자아이도 덩달아 놀라며 수아를 바라보았다. 추위에 어깨를 잔뜩 움츠리고 있던 나도 그리로 시선을 돌리며 허리를 곧추세웠다.

"헤헤……."

호제가 손바닥을 수아 쪽으로 향한 채 양손을 들어 보이며 히죽 웃었다. 수아는 순식간에 붉어진 얼굴을 하고는 호제에게 소리를 질렀다.

"야! 내가 이런 짓 하지 말랬잖아!"

"에이, 살짝 장난 좀 친 것 가지고 뭘 그래."

수아는 방금 전 자신의 엉덩이에 닿았던 감촉을 떠올리는지 몸서리를 치며 치마를 툭툭 털고는 호제를 무섭게 노려보았다. 그러나 주위에서는 이미 입으로 나팔을 불고 환호성을 보내며 교실 안의 커플을 놀려 대고 있었다.

수아는 결국 씩씩대며 여자아이와 자리로 향했다. 호제와 어울려 다니곤 하는 비슷한 부류의 여자아이 또한 이 일을 대수롭지 않게 생각하는지, 수아를 대신해 호제에게 "이 변태야!" 하고 장난스레 쏘아붙일 뿐이었다.

두 사람이 지나가자 호제는 주위의 녀석들과 눈을 마주치고는 손가락을 오므렸다 펴 보이며 낄낄댔고, 그러자 주변 남자아이들도 같이 낄낄댔다. 그 모습을 심각한 눈으로 보고 있는 사람은 나와 수아뿐이었다. 머리에 피가 쏠린다는 말이 무엇인지 알 것 같았다. 순간 얼음물을 끼얹은 듯 머리가 띵해졌다.

문득 구관 옆에서 싸우던 호제와 수아의 모습이 머릿속을 스쳐 지나갔다. 예전에 동우가 외쳤던 '구건물의 용도'도 떠올랐다. 나는 쓸데없는 생각이라며 고개를 세차게 저었다. 그러면서도 친구들과 낄낄대는 호제에게서 눈을 뗄 수가 없었다.

32

체육 시간이 끝나고 쉬는 시간까지 남순과 공을 가지고 놀다가 느지막이 교실로 들어섰다.

"무슨 소리지?"

농구공을 옆에 끼고 교실 앞으로 다가서는데 여럿이 만들어 내는 웅웅 소리가 들려왔다. 남순과 나는 서로를 바라보며 얼굴에 물음표를 띄웠다.

"글쎄, 무슨 일 났나?"

교실로 들어서니 뒤편에 모여 있는 아이들이 보였다.

"야, 무슨 일 있어? 왜 그래?"

남순이 궁금하다는 얼굴로 둥글게 모여 있는 아이들에게 다가가 그중 하나의 어깨를 붙잡고 물었다. 나는 고개를 위로 빼고 앞을 살폈다. 또래보다 키가 큰 편인 내 시야에 곧 무리 중심에 자리 잡고 있는 호제의 모습이 들어왔다. 역시나 하는 마음에 나도 모르게 인상이 찌푸려졌다. 곧추세웠던 허리에 힘이 풀렸다.

"쟤네 사귄다는데?"

"뭐?"

"저것 봐."

한 아이가 남순의 질문에 개구쟁이 같은 표정으로 웃으며 답하자, 남순도 나처럼 위로 고개를 쭉 뺐다. 나 역시 이게 무슨 소리인가 싶어 다시 허리에 힘을 주고는 앞쪽 상황을 살폈다. 나와 남순은 거의 동시에 호제 앞에 서 있는 수아를 발견했다. 이제 보니 무리의 대부분이 호제가 아닌 수아를 바라보고 있었다.

"이야, 호제!"

수아 옆쪽에 서 있던 여자아이 하나가 호제를 팔꿈치로 툭 치며 놀리듯 말했다.

"둘이 뭐야? 드디어 사귀기로 한 거야?"

"응? 아니, 난……."

수아의 손에는 호제가 챙겨 준 듯 보이는 물통이 들려 있었다. 호제의 물통을 한 손에 쥔 채 수아는 난처한 표정으로 다른쪽 손을 흔들어 보였다.

"에이, 둘이 원래 사귀는 거 아니었어? 야, 정수아! 말해 봐! 호제가 그렇게 좋냐?"

구석에서 물을 마시던 다른 남자아이들까지 덩달아 휘파람을 휙휙 불어 대며 한마디씩 거들자, 호제는 장난스럽게 주먹을 들어 보이며 웃음을 지었다.

"아니, 나는 아닌데……."

수아가 당황해서 중얼거렸다. 그 말에 주변에서는 급작스럽게 더 큰 소리를 내며 "에이, 뭐야" 하고 야유를 보내왔다.

"뭐야, 사귀어라! 사귀어라!"

그 난리에도 수아가 난처한 얼굴로 아무 말이 없자 옆에 있던 누군가 키득키득 웃으며 장난스럽게 물었다.

"수아야, 넌 호제 마음에 안 들어?"

"……"

그 물음에도 수아가 아무 답을 내놓지 않자 순간 주변이 적막에 휩싸였다. 모두 말없이 수아를 바라보았고, 호제의 얼굴도 수아를 향한 채 서서히 굳어 갔다. 여기서 '응, 마음에 안 들어' 하고 대답한다면 수아는 어떻게 될까? 순간 그런 생각이 내 머릿속을 스쳤다. 수아에게 물었던 친구도 이제는 무리의 대열에 끼어 대답을 기다리는 표정으로 수아를 바라보고 있었다. 수아는 당황한 얼굴로 주변을 둘러보았다. 수아의 입가가 미세하게 떨렸다. 결국, 그 입이 열렸다.

"아, 아냐……. 그건 아닌데……. 나도 좋은 애라고 생각……."

"오오오오!"

수아의 말이 채 끝나기도 전에 아이들이 다시 환호성을 보냈고 다시 사귀라는 소리가 교실에 울려 퍼졌다. 수아는 계속 난처한 얼굴이었다.

"겨우 물 건네준 것 가지고. 그만해."

호제가 굳었던 표정을 풀고 웃으며 말한 뒤에야 교실은 잠잠해졌고, 호제는 수아에게 다가가 어깨에 팔을 두르고 씩 웃었다. 다시 호제를 따라 여자아이들이 수아의 곁에 몰려들어 떠들기 시작하자 수아는 그 사이에서 어색하게 웃어 보였다.

수아는 호제가 건네준 물통을 손에 꼭 쥐고 있었다. 그 물을 수아는 마시지는 않았다. 그리고 자신의 어깨에 올라온 호제의 팔을 쳐 내지도 못했다.

—

33

 과학 시간, 실험을 위해 조별로 나누어 앉는 수업이었다. 나는 수아와 같은 조가 되었다. 둘러앉은 아이들 사이에서 나는 대각선 맞은편에 앉은 수아 쪽을 바라보았다. 수아의 책상 위에는 교과서가 가지런히 올라와 있었고, 그 옆에는 예의 필통도 마찬가지로 단정하게 놓여 있었다.

 우리와 같은 조인 다른 두 아이는 서로 친한 사이인지 둘이서만 아는 이야기를 끊임없이 떠들어 댔다. 나와 수아는 조용히 앉아 서 선생님이 들어오기를 기다리고 있었다.

 "야, 너 여기 앉을 거야? 우리 조로 오지?"

 "아, 깜짝이야……."

 갑자기 호제가 뒤에서 나타나 수아의 머리 위에 손을 올리고는 말했다. 수아가 놀라는 소리에 나도 덩달아 놀라 아래로 떨구었던 시선을 번쩍 들어 올렸다.

 "쟤랑 바꿔. 내가 말해 줄게."

 호제는 한 손을 수아 어깨에 올린 채 나머지 한 손으로 자기 옆자리의 아이를 가리켰다. 반에 있는지 없는지도 모를 정도로 조용한 아이였다. 아이는 그런 호제를 흘끔흘끔 바라보고 있었다.

 "아, 근데 선생님이……."

"야!"

수아가 미처 거절의 말을 맺기도 전에 호제는 뒤를 돌아보고는 큰 소리로 옆자리 아이를 불렀다. 커다란 호통이 들려오자마자 아이는 기다렸다는 듯 자리에서 벌떡 일어나 주춤거리며 이쪽으로 다가왔다.

"너, 얘랑 자리 바꿔라. 어차피 우리 조에 있어 봤자 너한테는 재미없고 시끄럽기만 하잖아. 알겠지?"

호제는 킬킬대며 같은 조 아이들을 돌아보고 웃어 보였다. 모두 호제와 몰려다니는 무리의 아이들이었다.

"으응…… 근데 선생님한테는 그럼 뭐라고……."

"그냥 알아서 잘 말해. 그럼 되잖아. 답답하게……."

"아……."

"말 좀 그만 얼버무리고, 그래서 바꿀 거야, 말 거야?"

"아, 알겠어……."

조용한 아이는 고개를 푹 숙이고 어눌한 말투로 대답했다. 아이의 대답이 들려오자 호제는 다시 덥석 수아의 팔을 낚아채 잡아당겼다.

"가자! 자리 생겼다."

순간 수아가 호제의 손을 강하게 뿌리쳤다.

호제는 조금 커진 눈으로 수아를 돌아보았다. 수아는 딱딱한 표정으로 호제를 바라보고 있었다.

"……뭐냐?"

수아의 모습에 호제의 표정도 서서히 굳어 갔다. 호제가 눈가를 찌푸리며 물었다.

"……아직 자리 바꾸겠다고 대답하지도 않았잖아. 나 그냥 여기 앉을래."

굳어진 표정의 호제를 보고 살짝 멈칫했지만, 곧 수아는 다시 당차게 자기 의사를 밝혔다. 호제는 표정을 점점 더 사납게 굳혔다가 이윽고 고개를 푹 떨구고는 깊은 한숨을 내쉬었다.

"후…… 또 왜 그러는데? 그냥 가서 앉아, 응?"

"선생님도 정해 주신 자리에 앉으라고 했었잖아. 뭐 하러 굳이 다른 아이 자리를 빼앗아서 앉아?"

"야, 말은 똑바로 해야지. 빼앗는 게 아니라 얘도 동의한 건데. 야! 아니냐?"

조용한 아이는 호제의 물음에 어쩔 줄 모르겠다는 표정으로 눈치만 보고 있었다. 대답이 돌아오지 않자 호제는 그리로 다가가 아이의 머리를 손등으로 툭툭 치기 시작했다.

"야, 야, 아니야? 뭐 대답이 없어, 이 새끼는……."

"아, 아냐, 맞아……."

"이것 봐, 맞지? 너도 자리 바꾸고 싶다 했잖아. 아니야? 네 표정 보면 꼭 내가 진짜 네 자리 빼앗은 것 같다?"

"아냐, 내가 바꾸고 싶어 했어, 헤헤……."

호제가 아이의 어깨에 팔을 두르며 말하자, 아이는 헤헤 웃으며 고분고분 대답했다. 그 모습을 보며 수아는 인상을 썼다.

"나는 바꾸기 싫다니까. 여기 앉을 거야. 너는 거기 앉아."

"왜 안 앉는데? 아, 쟤랑 앉고 싶어서 그러냐?"

호제가 비웃듯 입꼬리를 올리며 나를 향해 턱짓을 해 보였다. 당황한 나머지 나는 엉겁결에 눈을 다른 쪽으로 돌려 버렸다. 시선을 돌렸음에도 나를 바라보는 호제의 모습이 시야에 걸려 있었다. 수아는 호제에게 버럭 소리를 질렀다.

"무슨 소리야? 괜히 다른 애들한테 피해 주기 싫어서 그래! 지금도 봐, 너 하나 때문에 반 분위기가 자꾸 이상해지잖아."

그때까지는 몰랐는데, 수아의 말이 끝나고 보니 정말 아직 수업 시작 전인데도 반 전체의 분위기가 당장이라도 깨질 듯 얼어붙어 있었다. 조용한 가운데 모두의 시선은 이번에도 호제와 수아에게로 쏠려 있었다. 내 시선까지도.

적막 속에서 호제의 표정은 점점 더 험악하게 굳어 갔다. 그리고, 쾅! 호제가 얼음을 깨뜨렸다. 자기 앞에 있던 책상을 주먹으로 힘껏 내리친 것이다. 누군가의 놀란 숨소리가 들려왔고, 이어 교실은 다시 침묵 속으로 가라앉았다.

호제는 고개를 들고 주위를 둘러보더니 조용히 입을 열었다.

"다들 할 일 하지?"

호제의 굳은 목소리에 모두의 시선이 순식간에 흩어졌다. 호제는 다시 눈을 돌려 수아를 바라보았다. 수아는 순간 움찔하며 뒤로 몸을 물렸다. 나는 그런 둘을 불안한 눈으로 바라보고 있었다. 누구 하나 입을 열었다가는 팽팽한 이 줄이 탁 하고 끊어질 것만 같았다.

"야……."

호제가 드디어 낮게 가라앉은 목소리로 입을 열었다. 시선은 올곧게 수아를 향해 있었다. 나도 모르게 꿀꺽 침을 삼켰다.

그때 교실 문이 열렸다.

34

"뭐야, 이 반 왜 이렇게 조용해? 너희들이 웬일이냐. 아직 종도 안 울렸는데 벌써 다들 자리에 가 앉아 있고."

열린 문으로 실험 준비물을 가득 떠안은 과학 선생님이 들어왔다. 아슬아슬하게 세워진 비커가 쓰러질까 불안한지, 선생님의 시선은 비커 하나에 고정되어 있었다. 교실 안 모두의 눈길이 갑자기 등장한 선생님에게로 쏠렸다.

호제와 수아만이 서로를 바라보고 있었다.

"거기 너, 왜 너만 서 있어? 이제 곧 종 울릴 거야. 가서 자리에 앉아!"

선생님의 말이 끝나기 무섭게 종이 짧게 울렸고, 잠시 알 수 없는 표정이던 호제는 곧 시선을 거두고 몸을 돌려 자리로 향했다. 수아는 자기 자리에 그대로 앉은 채 수업을 들었다.

수업이 끝나자 교실 분위기는 한층 더 이상해져 있었다. 대부분은 수업 전 일은 잊고 자기들끼리 어울렸지만, 호제 무리의 아이들은 아니었다.

"호제, 어디 가?"

수업이 끝나면 늘 수아에게 말을 걸거나 함께 이동 수업을 들으러 가곤 했던 호제가 벌떡 일어서더니 교실을 나섰고, 그러자 무리 중 한 남자아이가 호제를 불러 세웠다.

"너도 갈래?"

호제가 손가락으로 담배 끼운 모양을 만들어 보이며 묻자, 곧 무리 모두가 우르르 교실 밖으로 나갔다.

"우리도 갈까?"

"아, 갈래?"

평소에는 그 뒤를 따라가지 않았을 여자아이들 무리도 자기들 끼리 눈짓을 주고받더니 수아를 두고 교실을 나가 버렸다. 수아 는 그렇게 덩그러니 자리에 남게 되었다. 나는 모둠을 지었던 책 상을 제자리에 돌려놓으며 수아를 살펴보았다.

호제와 여자아이들이 모두 밖으로 나가 주변이 텅 빈 가운데 수아만이 홀로 있었다. 나는 자리에 앉아서도 그 모습을 지켜보 았다. 하지만 수아는 나를 바라보지 않았다. 수아의 시선이 향한 곳은 여자아이들이 빠져나간 교실 뒷문이었다. 그런 수아에게 어 떻게 다가가야 할지, 난 알 수 없었다.

"매점 다녀올까?"

"아, 응?"

어느새 남순이 수아에게 다가가 말을 걸고 있었다. 수아는 남 순이 바로 앞에 올 때까지 알아차리지 못하고 있다가 말소리에 놀라 남순을 바라보았다.

"아, 나 아까 점심을 조금밖에 안 먹었더니 벌써 배고파서. 다녀올래?"

"아, 응, 그러자."

"나한테는 안 물어보냐?"

"어차피 갈 거잖아."

자리에서 일어서는 수아를 보며 내가 자연스럽게 둘에게 다가가 장난치듯 말을 걸자, 남순이 얼른 받아 주고 수아도 피식 웃어 보였다. 매점은 1층에 있어서 서두르면 쉬는 시간 안에 다녀올 수 있었다. 매점 안에는 아이들이 별로 없었다. 나는 가판대를 보며 가만히 서 있다가 조그만 사탕을 집었고, 남순은 배고프다는 말이 그냥 핑곗거리는 아니었는지 과자를 두 봉지나 집어 왔다. 하지만 우리 중에서 가장 많은 과자를 고른 건 수아였다.

"너 이거 다 먹게? 배고팠어?"

남순이가 짐짓 놀란 듯 살짝 웃으며 물었다.

"아…… 아니, 친구들 거……. 아까 점심 맛없다고 거의 안 먹었거든."

"아……."

"너희도 내가 사 줄게! 자, 마음껏 골라!"

"아니야! 괜찮은데……."

"아냐, 정말 사 주고 싶어서 그래. 이럴 때 아니면 언제 또 사 주겠냐? 다음은 없으니까 얼른 골라."

수아는 품에 한가득 안았던 과자 봉지를 계산대에 내려놓으며 우리를 재촉했다.

"아, 그럼……."

남순도 슬쩍 계산대에 자신의 과자 두 봉지를 올려놓았다.

"넌 안 먹어?"

"아, 난…… 별로……."

"손에 있는 거 올려놔. 같이 계산할게."

"음……."

결국 내 손에 들려 있던 사탕도 수아가 가져가 계산을 했다.

"빨리 가자. 3분 남았다."

남순이 시계를 들여다보며 말했다. 수아도 발을 동동 굴렀고, 우리는 매점 아주머니가 재빨리 계산해 준 것들을 손에 들고 계단을 뛰어 올라갔다. 나는 수아가 사 준 사탕을 까 입에 넣고는 우물우물 입안에서 굴리며 둘의 뒤를 따랐다. 남순도 곧 교실에 들어서며 과자 봉지 하나를 뜯었고, 수아도 남순의 손에 들린 봉지에서 과자를 몇 개 집어 먹었다. 교실에 들어서니 어느새 호제 무리도 돌아와 있었다. 그리고 자칭, 수아의 친구들도.

"얘들아, 과자 먹을래?"

수아는 여자아이들을 보고는 곧장 봉지를 든 채 아이들에게로 다가갔다. 그새 기분이 좀 풀렸는지 활짝 웃는 얼굴이었다.

"아, 어…… 웬 과자야?"

"그러게, 점심 먹은 지 얼마나 됐다고. 살 찐다, 너?"

아이들의 반응은 미적지근했다. 아이들 사이에서 묘한 시선이 오갔다. 수아도 굳은 얼굴로 그런 모습을 살폈다.

"응? 아니, 너희 아까 점심 조금밖에 안 먹었잖아. 배고플까 봐……."

"너 벌써 배고프니?"

한 아이가 수아의 말에 입을 가리고 살짝 웃으며 동조를 구하 듯 친구들을 바라보았다. 그러자 다른 아이들도 키득대며 저희들 끼리 웃기 시작했다. 그중 하나가 친구들을 향해 웃으며 "야, 그만 해" 말하고는 수아에게 손사래를 쳤다.

"아냐, 우린 됐어. 많이 먹으면 살 찌거든. 배고프면 너 많이 먹어."

"아…… 그럼 나중에 먹을래? 너희 주려고 많이 샀거든."

수아는 머뭇거리며 친구들 앞에 섰다가 다시 웃으며 봉지를 내 밀어 보였다. 그러나 이번에는 아무도 웃지 않았다. 여자아이들은 표정을 굳히더니 인상 쓴 얼굴로 수아에게 말했다.

"안 먹는다니까?"

"아…… 그렇구나……. 알겠어."

수아는 결국 봉지를 들고 돌아섰다. 아이들 앞에서는 미소를 지어 보였지만, 수아의 눈동자는 이곳저곳으로 움직이며 떨리고 있었다.

그때, 내 앞에서 남순이 큰 소리로 외쳤다.

"아, 배고프다! 과자를 두 개나 먹었는데 왜 이렇게 계속 배가

고프지?”

나는 갑작스러운 큰 소리에 인상을 쓰며 어깨를 움츠린 채 남순을 바라보았다.

슬쩍 보니, 책상에는 아직 뜯지도 않은 과자 봉지 하나가 그대로 놓여 있었다.

“정수아, 그거 나랑 먹으면 안 돼? 배가 고파서.”

남순이 그렇게 말하며 내 쪽을 봤다. 응? 수아가 아닌 나를? ‘뭐, 왜?’ 하고 나는 입술만 움직여 남순에게 물었다. 남순은 고개를 위아래로 까딱 움직였다. 나는 가만히 뒷목을 긁적이다가 입을 열었다.

“그러게……. 너무 많으면 우리도 좀 나눠 줘.”

결국 나는 속삭이듯 작은 목소리로 수아를 향해 그렇게 한마디 거들고는, 그 어색하고 낯 간지러운 연기가 창피해 곧 시선을 다른 데로 돌려 버렸다. 그러나 그 순간, 미소 짓는 수아의 얼굴을 확실히 볼 수 있었다.

“그래, 같이 먹자.”

수아는 그렇게 말하고는 남순에게 봉지를 건넸다.

“아싸!”

남순은 과장된 몸짓으로 손을 들어 올리며 즐거워했다. 여자아이들은 저희들끼리 귓속말로 무어라 떠들어 대고, 호제는 그런 우리를 빤히 바라보고 있었다. 나는 그냥 남순을 보며 작게 웃었고.

35

청소 시간, 우리가 모여 과자 봉지를 뜯고 있는데 호제가 갑자기 이쪽으로 다가왔다.

"와, 치사하게 너희끼리 먹냐?"

"……."

우리는 말없이 호제를 바라보았다. 그러나 호제는 씩 웃으며 고개를 갸웃거렸다.

"왜?"

"……."

"아니야."

내가 대답했다.

"싱겁긴. 그래서, 나도 좀 먹어도 되지? 와, 많기도 하네."

"아, 이거 수아 거라……."

"그래?"

당황한 남순의 대답에 호제는 슥 수아를 돌아보았다. 그러고는 몸을 돌려 똑바로 수아를 바라보며 다시 물었다.

"나도 먹어도 되지?"

"……."

수아는 머뭇거릴 뿐 말이 없었다. 그리고 드디어 수아가 입을 열려는 찰나, 멀리서 여자아이들이 호제를 발견하더니 우리 쪽으로 다가왔다.

"어……."

"어? 이호제! 너 뭐야? 거기서 너 혼자 뭐 먹냐?"

"와, 호제 혼자 과자 먹는다!"

"야, 야, 혼자 먹긴 뭘…… 아직 하나도 안 먹었거든."

호제는 무심한 말투로 대꾸하고는 다시 수아를 바라보며 다시 씩 하고 웃었다.

"이거 수아 거래. 아직 허락 못 받아서 못 먹고 있었어."

"아…… 그래?"

호제의 말에 여자아이들은 갑자기 얼굴에서 웃음을 지우고 수아를 바라보았다. 수아는 머뭇거리며 아이들의 시선을 피해 버렸다. 하지만 그것도 잠시, 여자아이들의 얼굴에 다시 미소가 떠올랐다.

"뭐야, 이거 아까 우리 주려던 과자잖아. 아깐 배불러서 안 먹는다고 그랬거든. 지금 먹어도 되지, 수아야?"

"응?"

"아, 한 입만, 응? 우리 아깐 진짜 배불렀단 말이야."

한 아이가 친근한 척 수아에게 팔짱을 끼며 조르듯 말했다. 수아는 난처한 얼굴로 어색하게 서 있다가 나와 남순을 바라보았다. 그 눈빛이 꼭 우리에게 같이 먹어도 되는지 양해를 구하는 것만 같았다. 나와 남순은 몸을 움직여 여럿이 더 들어올 수 있는 자리를 마련했다. 그러자 수아도 몸을 움직여 셋이 둘러앉았던 원을 조금 키웠다.

"오, 고마워."

아이들이 달려들어 우리가 뜯어 놓은 봉지 위의 과자를 집었다. 수아는 그런 아이들을 보면서 그냥 웃었고, 여자아이들은 다시 수아에게 장난을 치며 말을 걸었다. 그리고 수아가 학교생활을 하는 내내, 이런 상황이 끊임없이 반복되었다.

36

호제와 수아는 가끔 다퉜어요. 호제는 수아에게 스킨십을 좀 심하게 하기도 했고, 수아가 싫어하는 짓을 하기도 했어요. 수아는 그런 것 때문에 약간…… 호제와 거리를 두고 싶어 했고요. 하지만 이미 반 분위기가…… 호제와 멀어지면 안 되는 분위기였죠. 반에서 가장 영향력 있는 호제랑 멀어진다는 건 결국 반 전체와 멀어지는 것이나 마찬가지였으니까요. 저는 그게, 그러니까, 어떻게 도와주는 게 좋을지 알 수가 없었어요……. 저와 남순이로서는, 또 수아 옆에 있던 여자아이들도, 누구도 그런 수아를 도울 수 없을 것 같았어요. 그렇게 어떻게 하면 상황이 나아질까, 바보같이 고민만 하고 있을 때 그 사건이 일어났어요.

그 전날 밤엔 비가 많이 왔어요. 그렇게 날이 추웠는데도 신기하게 눈이 아닌 비가 내렸죠. 그리고 다음 날 저희 다섯은 구관에 모였어요. 수아가 호제에게 할 말이 있다고 했어요. 먼저 동우가 호제를 따라 함께 갔고, 그다음엔 저와 남순이도 걱정이 되어서 그 뒤를 따라갔어요.

*

그 전날 밤에는 비가 많이 내렸다. 그날 날씨가 기억에 남았던 건, 아마 하교 후 창밖을 바라보며 수아의 일에 대해 수아에게 직접 말을 꺼내 봐야 할까, 남순에게 먼저 얘기해 보는 게 좋을까 내내 고민했기 때문이었을 것이다. 밖에 나가 동네라도 한 바퀴 돌면 복잡한 머릿속이 조금은 정리가 될 것 같았는데 하필이면 비가 쏟아지고 있었다. 동네를 돌다 보면 수아를 만날 수 있을지도 모르는데 비가 오다니. 결국 나는 비 오는 창밖을 보며 한참을 고민하다 점점 더 거세지는 빗줄기에 남순에게 연락하려 손에 쥐고 있던 휴대전화를 침대 위로 던져 버렸다.

던져진 휴대전화는 매트리스 위에서 한 번 튕겨 올랐다가 제자리에 착지했다. 창틀에서는 빗방울이 하나 톡 떨어져 매트리스 위의 휴대전화처럼 한 번 튕겨 올랐다가 여러 갈래로 흩뿌려졌다. 나는 창문을 탁 소리 나게 닫았다. 빗방울은 더 이상 방 안으로 들이치지 않았다.

그날 쏟아지던 비는 하늘이 내리는 운명의 장난 같은 것이었을까. 아마 그건 상관없겠지. 하늘이 장난을 쳤든 아니든, 모든 선택은 나의 몫이니까.

여느 학교처럼 인조 잔디를 심지 않은 운동장은 밤새 내린 비에 여전히 질퍽거렸다. 나는 흙길과 고인 빗물을 피해 바닥을 보며 교실로 향하고 있었다. 다행히도 어제 내내 퍼붓던 비가 오늘은 그쳐 있었지만, 하늘은 아직 먹구름으로 가득했다.

"야, 이아든!"

한창 교실로 향하고 있는데, 누군가 뒤에서 어깨에 팔을 둘렀다. 예상치 않은 충격에 중심이 쏠려 발이 생각지 못한 방향으로 헛나갔고, 덕분에 이제까지 신발을 더럽히지 않기 위해 요리조리 흙탕물을 피하던 노력이 무색하게도 신발에 투두둑 갈색 물이 튀었다.

"멍하니 뭐 하냐?"

"교실 가지 뭐 하겠냐."

내가 화도 내지 않고 한숨을 쉬며 발목을 흔들어 흙탕물이 튄 신발을 털어 대자, 호제는 그 모습을 내려다보다가 자기야 알 바 아니라는 듯 다시 고개를 들고 씩 웃었다. 어깨가 무거워 호제의 팔을 쳐 내고 싶었지만 난 가만히 있었다.

"그것보다, 오늘 내 부탁 하나만 들어주라."

호제는 나를 보며 씩 웃었다.

부탁을 들어 달라면서 딱히 내 대답을 바란 것은 아니었는지, 아니면 거절할 리가 없다고 생각했는지, 대답을 듣지도 않은 채 호제는 저만치 가 버렸다. 그러고는 청소 시간이 되도록 별다른 말이 없었다. 그랬기에 나는 오늘 또한 평소와 똑같은 평범한 하루일 뿐이라고만 생각했다.

이번 달에는 가장 쉬운 복도 청소를 맡은 나와 남순이 빠르게 청소를 마치고 매점에 다녀올까 하는데, 호제가 다시 내 앞에 나타났다. 우리는 그렇게 셋이 함께 매점에 갔다.

"에이, 왜 이래. 이건 내가 살게. 뇌물이야, 뇌물!"

먹을 것을 고를 때까지 별다른 말이 없던 호제는 계산대 앞에서 갑자기 5천 원짜리를 꺼내며 능청스럽게 말했다. 남순은 그 모습에 고개를 갸우뚱했다.

"뭐, 사 주면 먹긴 먹겠는데. 무슨 뇌물? 얘가 너한테 뭐 잘못이라도 했어?"

호제가 계산한 음료 캔을 따며, 남순이 내게 물었다. 나는 고개를 저었다.

"그게 아니라, 내가 오늘 뭐 좀 부탁한다 했거든."

"뭔데? 설마 청소……? 야, 그런 부탁은 못 들어주지! 아무리 사 줬다고 해도, 암."

추운 날씨에 지금껏 수돗가에서 손이 벌게지도록 대걸레를 빨다 온 남순이 몸서리를 치며 말했다.

"굳이 너희한테 청소를 왜 시켜? 잠깐 가까이 와 봐."

호제는 크게 웃으며 우리 사이에 선 채 양쪽으로 어깨동무를 해 우리를 자신 쪽으로 끌어당겼다. 남순이 얼굴을 일그러뜨렸다.

"뭐길래 이렇게 붙어서 얘기하냐?"

"들어 봐."

호제는 살짝 숨을 내쉬었다. 더운 숨이 얼굴에 끼쳐 와 기분이 썩 좋지는 않았지만 다행히도 불쾌한 냄새는 나지 않았다.

"수아랑 분위기 좀 잡아 보려는 데 협조 좀 해 줘."

"뭐?"

"아야!"

호제의 말이 끝나기 무섭게 남순이 고개를 처드는 바람에 남순이의 이마와 호제의 이마가 부딪치고 호제와 나의 머리통도 맞부딪쳤다. 나와 호제가 한동안 머리통을 문지르며 아파하는 동안 남순은 놀란 표정으로 호제를 바라보고 있었다.

"뭐야, 너 왜 이렇게 놀라? 왜, 알잖아, 수아랑 나랑, 응? 그런 거. 이제 정식으로 사귈 때도 됐지, 뭐."

"아니…… 갑자기 그런 말을 하니까……."

"그래서 도와줄 거야, 말 거야?"

"아니, 그게……."

호제는 남순과 얘기하다 말고 나를 흘긋 바라보았다. 역시 놀란 눈으로 호제를 바라보고 있던 난 엉겁결에 눈을 피해 버렸고, 그러자 호제는 다시 남순에게로 시선을 돌렸다.

"뭐야, 너 수아 좋아하냐? 그래서 그래?"

"아, 아니야! 수아는 친구야!"

"거봐, 그러면 왜 그런 반응이야? 별거 아니야. 그냥 수아 좀 불러내 주면 돼. 알겠지?"

"아…… 그래, 알겠어."

바보 같은 녀석. 남순이는 호제의 기세에 그대로 넘어가 버렸

다. 단순하고 알기 쉬운 남순만큼 다루기 쉬운 사람이 있을까. 남
순은 벌겋게 된 얼굴로 알겠다고 서둘러 내뱉었다.

"너도 할 거지?"

이제 호제는 미소 띤 얼굴로 나를 보고 있었다. 거절할 수 없
는, 강압적인 분위기가 담긴 미소였다. 싫다고 말해야 하는데, 난
망설이고만 있다가 결국 아무 대답도 하지 못했다. 내가 거절할
리 없다는 듯, 이번에도 호제는 대답을 듣지도 않은 채 한마디 말
만 내뱉고는 우리에게서 멀어져 갔다.

"이따 보자?"

그리고 역시, 나는 호제의 부탁을 거절하지 못했다. 그래, 내가
아는 수아라면 틀림없이 싫다고 대차게 말하겠지. 난 그렇게 되뇌
었다. 호제가 보기 좋게 뺑 차이는 모습을 머릿속에 재생하며 바
보같이 웃어 보기도 했다.

그렇게 우리는 수아를 불러냈다. 그랬다, 수아를 그곳으로 불러
낸 건 우리였다.

37

"왜 하필 거긴데? 위험하다고 했잖아."

남순이 뚱한 얼굴로 호제에게 따져 물었다.

"근데 거기만큼 눈에 안 띄면서도 추억이 담긴 장소가 어디 있냐? 오늘 마지막으로 가고 다시는 안 간다니까 그러네."

"흠……."

남순은 호제의 말에 코를 찡그려 보일 뿐 더 이상은 뭐라 말하지 않았다. 난 말없이 바닥만 보고 있었다. 우리가 뭐라 하든 호제는 결국 자신이 원하는 대로 하고 말겠지. 그것을 난 알았고, 호제도 내가 알고 있다는 걸 알았다.

"이미 이것저것 다 준비해 놨어. 잘되면 다 같이 거기서 치킨이나 먹자. 내가 산다! 좋지?"

호제가 남순의 찡그린 코를 주먹으로 툭 치며 말했다. 남순은 그에 장난스럽게 얼굴을 피하며 웃었다.

"준비?"

"응, 동우한테도 도와 달라 했거든."

그러면서 호제는 동우를 바라보았다. 우리도 시선을 옮겨 동우를 보았다. 그러자 동우가 살짝 인상을 썼다.

"뭐, 왜?"

통명스럽게 툭 내뱉는 동우의 말에 피식 웃음이 났다. 남순도 그런 나를 따라 웃었고, 호제는 "자식" 하며 동우의 머리털을 거칠게 털었다.

그래, 나쁘지 않아 보였다. 아니, 심지어 좋을 것 같기까지 했다. 왠지 모르겠지만 그땐 그런 생각이 들었다. 그제야 나도 혼자 오만상을 펴고 피식 웃어 보였다. 그래, 잘될 거야. 다 잘될 거야. 그렇게 주문을 외듯 생각하며, 모든 게 끝나고 함께 맛있는 것을 먹으며 어울리는 우리의 모습만을 머릿속에 두려 애썼다.

—
38

벌써 이야기가 여기까지 왔네요. 밤새 내렸던 비는 다음 날 오후에 잠깐 더 내리다가 완전히 그쳤고, 청소 시간이 지나자 수아는 구관으로 갔어요. 동우는 호제를 따라갔다가 계단 밑에서 기다리고 있었죠. 그러니까, 여기쯤요. 음, 호제가 거기 있으라고 시켰던 것 같아요. 저와 남순이는 애들이 모두 들어가는 것을 확인한 다음 따라 들어갔어요. 그냥, 걱정되는 마음에 쫓아갔던 것 같아요. 계단 밑에서 기다리던 동우와 함께 숨어 나선형 계단 너머 두 사람을 지켜봤죠. 처음에는 옥상 문을 열지 않고 계단에 앉아 이야기를 하더라고요. 근데 갑자기 조용해지나 싶더니 수아가 먼저 옥상으로 나갔어요. 옥상 문이 쾅 소리를 내며 열렸죠. 무언가 이야기를 하는 것 같았는데 소리가 울려서 내용은 들리지 않았어요. 우리는 옥상으로 사라지는 둘의 모습을 따라 올라갔어요.

*

우리는 수아에게 구관 앞에서 만나자고 했다. 수아는 그 말에 인상을 쓰며, 왜 하필 그곳이냐고 물었다. 우리는 대충 얼버무렸

던 것 같다. 그냥 오랜만에? 우리 추억이 있는 곳이니까? 참 웃기
는 거짓말이었다. 호제는 질퍽한 흙을 밟으며 구관 앞에 있는 수
아에게로 다가갔다. 남순과 나는 수아가 호제와 들어가고 10분
쯤 지나 조용히 건물의 문을 열었다. 우리가 뻔질나게 드나들었
던 슬라이드 문은 그날도 아주 조용하게 열렸다. 혹시라도 수아
가 볼까 싶어 우리는 망을 보던 동우와 함께 1층과 2층 사이에서
숨죽이고 있기로 했다. 나는 괜히 불안한 마음에 어떻게든 둘을
지켜보려 나선형 계단 틈에 시선을 둔 채 고개를 이리저리 움직
였다.

그때, 수아가 옥상 문을 열었다. 옥상 문은 활짝 열려 쿵 하고
반대편 벽에 부딪치는 소리를 냈다. 이어 몇 차례 들리는 삐걱삐
걱 소리. 셋의 눈이 마주쳤다. 우리는 계단을 올랐다.

조금 올라가니 옥상의 소리가 들려왔다. 좁은 복도와 계단을
빠져나가 드넓은 공간으로 옮겨 간 소리는 특유의 윙윙대는 잡음
없이 우리에게 또렷이 들려왔다.

"너 지금 뭐라고 했어?"

"나는 너를 친구 이상으로 생각해 본 적이 없다고."

수아의 목소리가 작게 들려왔다. 예상대로 호제를 뻥 차 버리
는 그 소리에 나는 미소를 지었다.

"야!"

호제는 수아에게 소리를 질렀지만 그래도 수아는 꼼짝하지 않

왔다.

"네가 나한테 이래도 돼?"

"왜? 왜 이러면 안 되는데? 전에도 너 좋아하지 않는다고 말한 적 있잖아."

호제가 이를 뿌드득 갈았다.

"그땐…… 그땐 그냥 부끄러워서 그러는 줄……. 씨…… 너, 너 이거 실수하는 거야."

"난 분명 아니라고 계속 말했었어."

동우와 남순과 나, 우리 셋은 호제가 차이는 장면을 옥상 문 너머로 숨어 지켜보았다.

"와, 호제 저거…… 어떡하냐."

"그러게, 내가 사 온 치킨은 어떻게 되는 거냐?"

동우의 농담에 남순이 풋 하고 웃음을 터뜨렸고, 나와 동우도 함께 웃었다. 그때까지만 해도 우린 호제가 차이는 모습을 보며 알게 모르게 함께 통쾌해하고 있었던 것 같다. 자꾸만 실실 웃음 이 나왔으니까.

그렇게 셋이 떠들다가 다시 상황을 살피기 위해 호제에게로 눈 길을 들어 올리는 순간, 호제와 나의 눈이 마주쳤다.

39

호제의 눈빛이 변하는 것이 느껴졌다. 눈이 마주치는 순간 내 심장이 철렁 내려앉은 건 그 때문이었다. 호제의 변한 눈빛을 보자 심장이 불안하게 뛰기 시작했다.

호제가 수아의 팔을 향해 손을 뻗었다. 호통에도 꼼짝 않던 수아는 호제가 손을 뻗어 오자 뒤로 한 걸음 물러섰다. 그런 수아를 보며 호제는 표정을 더욱 굳혔다.

"……씨바, 사람을 벌레 보듯이 보네. 내가 더럽냐?"

"하…… 싫다고, 만지지 말라고 했잖아. 욕도 좀 하지 마."

수아는 호제의 욕설에 정말로 벌레를 보듯이 경멸하는 눈빛으로 호제를 바라봤다. 호제는 더 이상해진 눈빛으로 수아에게 한 발 다가섰고, 수아는 다시 그에 맞추어 한 발 뒤로 물러섰다.

"야, 저거 말려야 되는 거 아니야?"

남순이 당황해하며 둘을 가리켰다. 나도 남순의 말에 동의했다. 난 호제에게 이제 그만 받아들이고 한턱 쏘라는 식으로 장난을 쳐 분위기를 풀 생각으로 계단에서 나왔다. 그런 다음, 한 걸음을 딛자마자 수아와 눈이 마주쳤다. 내 모습을 본 수아의 눈이 휘둥그레졌다.

"이 짓 저 짓 다 할 때는 언제고 이제 와서 왜 그러는 건데?"

"뭐? 너, 뭐라고……."

쏟아지는 호제의 말에 수아는 내게 향해 있던 토끼 눈을 호제에게로 돌렸다.

"내 말이 틀려? 평소에는 만져도 가만있더니 이제 와서 이래?"

"야!"

"야, 야, 그만해."

남순이 재빨리 문턱을 지나 옥상으로 들어섰다. 수아는 듣기 싫다는 듯 두 귀를 양손으로 틀어막았다. 남순은 옆에서 호제를 말렸고, 난 줄곧 호제를 바라보고 있었다. 이미 호제는 눈빛이 변해 있었다. 남순도 그런 눈빛을 알아차렸는지, 섣불리 호제를 손으로 붙잡지는 않았다. 이젠 동우마저 나와 뒤쪽에서 불안한 눈으로 호제를 바라보고 있었다.

"좋다고 옆에 붙어 다닐 땐 언제고……. 걸레 같은 계집애가……."

"야!"

"뭐, 걸레? 내가 붙어 다녔니? 응? 내가 너한테 같이 다녀 달라고 했어? 네가 따라다닌 거잖아! 네 덕분에 생긴 친구들 잃을까 무서워서 내가 군말 없이 사귈 줄 알았니?"

호제의 망발에 남순이 고함을 쳤고 수아도 말을 쏟아 냈다. 호제는 으득으득 이를 갈더니 당장이라도 주먹을 날릴 것처럼 한 팔을 치켜들었다.

수아가 뒤로 한 발 물러섰다. 호제는 그런 수아에게 다가가 수아의 팔을 움켜잡았다. 수아는 단박에 호제의 손을 쳐 냈지만, 두툼한 호제의 팔은 수아의 힘으로 떨어지지 않았다. 수아는 미친 듯이 팔을 휘두르며 소리를 질러 댔다.

"놔, 놓으라고! 놔!"

그 순간 절대 놓지 않을 것처럼 수아를 붙잡고 있던 호제가 수아의 팔을 탁 하고 놓아 버렸다. 수아의 몸이 중심을 잃고 뒤로 휘청였다. 금세 넘어질 것 같은 수아를 붙잡기 위해 난 거의 본능적으로 그쪽으로 팔을 내밀었다. 하지만 수아와 나의 거리는 몇 미터나 떨어져 있었다.

"악!"

소리를 지른 것은 동우도, 남순도, 심지어 수아도 아니었다. 소리를 지른 사람은 호제였다. 수아의 팔을 쳐 내고서 악 소리를 지르던 호제의 표정이 아직도 생생하다. 아무것도 끼어들지 않은, 어떤 감정도 끼어들 틈이 없는 순수한 분노. 그런 분노가 호제의 얼굴에 자리 잡고 있었다.

3부

X월 X일, 000 씀

수아는 자살했어요.

*

수아는 떨어졌다.

*

저희가 둘을 따라 옥상에 갔을 때 수아는 옥상 끝에 서 있었고, 잡을 틈도 없었어요. 수아는 떨어졌어요.

*

수아의 팔을 놓음과 동시에, 호제는 수아를 밀쳐 버렸다. 그렇게 싫으면 가. 그러나 이미 호제의 외침을 들을 사람은 우리의 눈앞에서 사라져 있었다.

41

나는 결국 이런 선택을 할 수밖에 없었다. 사람은 변하지 않는다. 무수한 명언이 그렇게 이야기하는데도, 사람들은 바보같이 그 얘기가 틀렸을 거라는 희망을 품고 살아간다.

"자살했다……. 그렇구나. 할 이야기는 그게 다니?"

아든이 이야기를 꺼내 놓는 동안, 뉘엿뉘엿했던 하늘은 이미 어둡게 변해 있었다. 그때껏 팔짱을 끼고 서서 손에 든 펜으로 입술을 툭툭 치던 형사는 문가로 가 탁 하고 불을 켰다. 방 안이 환히 밝아졌다. 아든은 눈을 찌푸렸다. 그러고서 뭔가 더 말하려 입술을 달싹였다가, 이내 입을 닫았다.

"네."

―

43

형사는 문을 닫고 나왔다. 경찰서를 빠져나와 입구에 선 채 하늘을 올려다보며 한숨을 푹 내쉬고 나니 달이 처연하게도 밝아 보였다. 자살 사건이라. 형사는 하릴없이 주머니에서 수첩을 꺼내 열었다 닫아 보았다. 마음이 씁쓸해지는 하루였다. 그때 누군가 다가와 형사의 어깨를 잡았다. 그 시간 옥상에 있던 다른 아이들의 조사를 맡았던 동료 형사였다.

"어때?"

형사가 담배를 입에 물고 불을 붙이며 물었다.

"남동우, 이호제 둘 다 자살이라고…… 그러는데요."

"자살인 것 같아?"

"신고가 좀 늦긴 했는데…… 당황하면 곧바로 신고할 생각을 떠올리지 못하는 경우도 있으니, 그런 걸 감안하면 특별할 건 없습니다. 진술도 구체적이고 하나같이 일치해요. 사건이 사건이다 보니, 위에서도 괜히 언론사에 퍼져 시끄러워지기 전에 마무리 지으라는 분위기고요."

"그래? 그럼 이제 한 명 남은 건가? 후, 빨리 끝내. 난 가 본다."

형사는 동료 형사의 어깨를 툭 치고 걸음을 옮겼다.

44

동료 형사가 나머지 한 학생의 진술을 들을 동안 형사는 미리 약속되어 있던 이쪽 업계의 전문가들을 만나러 갔다. 주차를 하고 건물로 들어서서는 엘리베이터를 기다리며 다시 한번 수첩을 꺼내 들었다.

수아가 학기 중간쯤에 괴롭힘을 당했어요. 남동우한테요. 그 바람에 친구들도 수아를 피하고······.

그냥 유치한 괴롭힘 같은 거요. 물건을 빼앗아 도망간다거나 발걸고, 어깨를 치고, 머리를 때리고······.

수아가 힘들어하는 것 같더라고요. 아, 근데 몇 달 안 가서는 다시 잘 지냈어요. 여자애들이나, 전학 온 이호제, 남순이, 이아든이랑 말하는 것도 몇 번 봤고······.

원래 애들이 자주 그러거든요. 여자애들끼리도 싸워서 한 명 따돌리다가 다시 친해지고, 그다음엔 다른 애가 따돌림을 당하고······. 아마 다들 한 번씩은 당해 봤을 거예요.

아, 호제랑 다투는 것도 몇 번 보긴 했어요. 그냥 좀 자주 다투는 것 같던데, 잘은 모르겠어요.

따돌림과 남자 친구와의 불화가 원인이었을까. 담당 형사는 수첩에 적힌 내용을 대강 훑으며 다시 한번 머릿속으로 그간의 정황들을 정리해 보았다. 한창 예민할 사춘기에 겪은 따돌림과 그 후 의지하던 남자 친구와의 불화. 외로움이 돌아올지 모른다는 트라우마가 작용한 걸까. 엘리베이터의 도착음이 들리자 형사는 수첩을 닫아 도로 주머니에 넣었다.

"안녕하십니까."

형사는 노크를 한 뒤 방에 들어서며 인사를 건넸다. 인자한 얼굴의 범죄 심리학 교수이자 정신과 전문의가 웃는 얼굴로 살짝 고개를 숙여 보였다. 청소년 문제가 발생할 때마다 자문을 하는 서 선생이었다. 서 선생은 청소년의 심리에 관심이 많아 그 분야의 논문을 수두룩하게 낸 인물이었다. 형사의 이야기를 들으며 서 선생은 연신 고개를 끄덕였다.

"위에선 더 시끄러워지기 전에 마무리 지으라고 성환데, 그래도 선생님 의견을 한번 들어 볼까 싶어서 왔습니다."

"그렇군요. 형사님. 사실, 자살을 생각하는 환자들이 가장 위험한 때가 바로 기분이 좋아진 시기예요. 예를 들어, 자살을 생각하는 사람은 이런 식으로 우울감을 앓고 있습니다. 그러던 사람에게 순간 기분이 좋아지는 어떤 상황이 발생하면, 침체되었던 기분이 이렇게 위로 올라가겠죠."

선생은 종이에 그래프를 그렸다. 그래프의 선은 아래쪽에서 죽

이어지다가 갑자기 위로 솟구쳤다.

"단순히 기분이 좋아지는 시기이기도 하지만…… 우울감에 죽을 힘도 없던 사람에게 힘이 생기는 시기이기도 하죠."

선생은 선을 그리다가 펜을 내려놓았다. 형사는 선생이 그려 놓은 선을 내려다보고 있었다.

"사람이 너무 우울하면 죽을 힘도 사라지거든요. 그래서 우리는 힘이 생기는 이 시기를 가장 위험한 시기라고 봐요. 기분이 좋아지는 시기에 어쩌다 커다란 스트레스 요인이 들어오게 되면, 그때까지 생각하고 있던 '자살'을 지금 시행할까 하는 마음이 들기도 하는 거죠. 이 학생 자살한 게 맞다면 다시 학교생활에 적응하기 전까지 자살에 대해 아주 구체적으로 생각하고 있었을 거예요. 이런 경우에 도움이 될 것 같아 말씀드려 본 거고요……."

형사는 선생의 말을 듣고 작게 한숨을 내쉬더니 점퍼 안주머니에서 종이를 꺼내 테이블에 올려놓았다. 선생은 그것을 빤히 바라보았다.

"사실, 유서가 나왔습니다. 이것도 한번 봐 주시겠습니까?"

선생은 몇 분간 유서를 꼼꼼히 읽고는 고개를 들었다.

"괴롭힘을 당하던 당시에 적은 건가요?"

"예, 일기도 가져왔습니다."

형사는 다른 쪽 안주머니에서 손바닥만 한 파란색 공책을 꺼냈다. 선생이 그것을 받아 들어 몇 장 읽어 내려갔다.

"여러 감정이 느껴지네요. 꼭 죽고 싶다는 단어가 적혀 있어야만 유서는 아니거든요. 전반적으로 힘들다, 답답하다는 말이 많이 적혀 있는 점이나…… 유추할 부분은 많아요. 하지만 한 가지 마음에 걸리는 건, 날짜가 주기적이지 않아요. 일기를 쓴 날도 있고, 쓰지 않은 날도 있죠? 이 학생, 일기로 스트레스를 풀었던 것 같아요. 화나는 일이 있을 때만 일기를 쓴 거죠. 당연히 안 좋은 이야기로만 가득할 수밖에……. 그러니 이것만 보고 뭐라 단정할 수는 없을 것 같습니다."

선생은 다시 한번 일기장을 들여다보더니 탁 하고 덮었다.

"뭐라도 도움이 되었다면 좋겠네요."

45

조사를 받고 나왔을 때 하늘은 어두워져 있었다. 나는 하늘을 한 번 올려다보았다가 왠지 오싹해져 고개를 숙였다. 여기가 영원히 내 시선이 닿아야 할 곳이겠지. 그렇게 생각하며, 아직도 떨리는 손을 말아 쥐고 주머니에 쑤셔 넣은 채 걸음을 옮겼다. 경찰서 앞 짧은 계단을 내려오는데 다리가 후들거려서 몇 번이고 걸음을 멈추어야 했다. 겨우 계단을 다 내려와서도 세상 모든 사람이 나만 쳐다보는 것 같은 두려움을 느끼며 걸음을 옮기기 시작했다. 너무 무섭고 외로운 마음이 들어서, 아주 잠깐, 남순을 기다렸다가 얼굴이라도 볼까 망설였지만, 곧 정신을 차리고 천천히 앞으로 나아갔다. 바보 같은 생각 마. 경찰서에 들어가기 전 결연했던 남순의 표정이 잊히지 않았다. 내겐 해야 할 일이 있었다. 바로 지금까지 읊어 온 이 일기를 영원히, 그 누구도 볼 수 없도록 없애 버리는 일.

46

나는 곧바로 버스에 올랐다. 걸어갈까 싶었지만 한시가 급하다는 생각이 들었다. 게다가 지금 이 다리로는 오래 걷지도 못할 것 같았다. 자꾸만 무서운 마음이 들어 힘이 빠지고 걷기가 힘들었다. 창밖은 보지 않았다. 보지 않아도 밖의 풍경이 시시각각 바뀌며 흔들흔들 내 얼굴에 빛을 비추는 것이 느껴졌다. 버스가 다음 정류장을 알렸다. 장례식장 앞. 나는 수아의 장례식장 앞으로 왔다. 흔들리는 버스 손잡이를 힘겹게 잡으며 버스에서 내리자마자 속을 게워 냈다. 나를 안쓰럽게 바라보는 버스 안 사람들의 시선이 느껴졌다. 한동안 속을 비워 낸 뒤에는 점퍼의 후드를 뒤집어썼다. 누구도 나를 보지 않았으면 했다.

지금 장례식장의 누군가를 마주치게 된다면 "왔니? 고맙구나" 하며 아무것도 모르고 나를 반겨주겠지. 나는 병원의 장례식장 건물은 한 번도 바라보지 않은 채 주차된 차와 움직이는 차들을 피해 가며 건물 뒤로 걸음을 옮겼다. 건물 뒤쪽으로 마침 적당한 곳이 눈에 띈 참이었다. 볼록하게 솟은 동산만 한 작은 산. 지체할 것 없이 산을 올랐다. 지금까지 너무나 긴 시간이 흐른 듯 느껴졌다. 실제로는 얼마나 지났을까? 알 수 없었다. 적당한 곳까지 올라 적당한 크기의 돌을 주워 깊이 땅을 파헤쳤다.

그런 뒤, 지금 여기 앉아 마지막 일기를 적고 있다. 이미 일기에 너무 많은 시간을 들였다. 아무것도 신경 쓰지 않은 채 외면해 왔다는 걸, 그로써 결국 작은 불이 붙은 집이 전부 타 사라질 때까지 바라보고만 있었던 셈이라는 걸 난 바보라서 몰랐다.

아니, 사실은 알면서도 그냥 무시해 왔던 것인지도 모른다. '어차피 작은 불인데' 생각하면서. 그동안 괴로워하는 아이들을 바라만 보던 나. 용기가 없어 호제를 말리지 못한 나. 심지어 알면서도 무시하고 아무 책임도 지지 않으려 한 나. '수아가 알아서 잘하겠지' 하며 도망만 치던 나. 사람에게 상처를 주고도 모른 척 외면하고 살아왔던 나. 그런 내가 적어서일까? 일기에는 내 악행들이 쏙 빠져 있어 마치 내가 불쌍하고 착한 사람인 듯 보이기도 한다. 누군가 이 일기를 읽으면 내게 연민을 느낄 수도 있겠지. 하지만 나는 나쁜 사람이다.

그렇기에 이 일기는 아무도 읽을 수 없는 이곳에 영원히 묻힐 것이다.

나는 자백하지 않는다. 마땅히 용서받아야 할 사람의 역할을 내가 빼앗을 수는 없다. 지금까지 숨어 있다가 마지막에 나타나서 영웅이 되라고? 그래선 안 된다. 영웅 역할은 그에 어울리는 친구가 잘 수행해 줄 테다. 나는 이곳에 와 일기장을 묻을 수 있다는 것만으로 만족한다.

투두둑 소리와 함께 일기장 위로 흙이 쏟아져 내렸다. 이윽고 그 소리가 멈추자, 아든은 주머니에서 수아의 곰 인형 열쇠고리를 꺼냈다. 아든은 일기장 옆에 그것 또한 내려놓았다.

빠른 속도로 일기장은 흙 속에 묻히기 시작했다. 이제 완전히 묻혀 흙을 덮어도 종이가 울리는 특유의 소리는 더 이상 들리지 않았다. 흙이 단단히 다져지는 소리뿐이었다. 아든은 무릎을 짚고 일어난 뒤 일기장이 묻힌 흙 위에 서서 쾅쾅 발을 굴렀다. 흙은 금세 원래의 견고한 모습으로 돌아왔지만, 촉촉한 느낌의 빛깔이 주변과는 다른 분위기를 풍기고 있었다. 아든은 요리조리 주변을 살폈다. 근처의 낙엽 더미가 눈에 들어왔다. 아든은 낙엽을 한 움큼씩 양손에 쥐고 바닥에 흩뿌렸다. 이어 손을 탁탁 털고 상체를 숙여 옷에 묻은 흙도 털어 냈다. 이젠 제법 완벽해 보였다. 그 자신조차 다시 못 찾아올 정도로.

산을 내려와 장례식장 앞으로 내려왔을 때, 밝아 오는 새벽 기운 사이로 저 멀리 형사의 모습이 보였다. 아든이 도망이라도 갈 것이라 생각했는지, 형사는 멀리서 아든을 발견하자마자 쏜살같이 달려왔다. 아든은 형사가 잡는 대로 얌전히 붙들렸다. 형사는 아든의 팔을 낚아채며 뭐라고 크게 외쳤다. 형사의 움직임에 거세게 흔들리는 아든의 귀에는 그 단어들이 들어오지 않았다. 아든은 고개를 숙였다. 힘이 하나도 없는 목각 인형 같았다. 아든은 한쪽 입꼬리를 올려 웃어 보였다. 그 웃음을 보더니, 형사는 거세게 아든의 팔을 끌고 차가 있는 곳으로 가기 시작했다.

발을 옮기는 아든의 신발에서는 산에 갔다 왔으리라고는 짐작도 못 할 만큼, 흙이 한 톨도 묻어 나오지 않았다.

47

덜컹거리는 차 안에서 작게 라디오 소리가 흘러나왔다. 소리가 매우 작았지만 차 안이 조용했던 덕에 그 내용이 아든의 귀에 분명하게 들어왔다. 라디오에서는 한 작가의 인터뷰가 흘러나오고 있었다.

"아저씨는 저 책 읽었어요?"

창문에 고개를 기댄 채 멍하니 창밖을 보고 있던 아든이 불쑥 말을 꺼냈다. 형사는 룸 미러를 통해 그런 아든을 바라보았다.

"아니."

형사가 아든의 말에 작게 답하자, 다시 낮게 가라앉은 아든의 목소리가 들려왔다.

"그럼 영화는요?"

"……봤다."

"그럼 아저씨는 결말을 아시겠네요."

아든의 물음에 형사는 이번엔 조금 길게 침묵했다. 기억을 되짚어 보는 듯하더니, 형사가 결국 고개를 갸웃하며 입을 열었다.

"아니, 기억이 잘 안 나는구나."

형사의 말에 아든은 작게 읊조렸다.

"그렇구나."

에필로그

1. 그날

나는 여기서 내 임무를 다하며 뚫어지게 그들을 바라보고 있다. 난 기억력이 꽤 좋다. 하지만 말소리는 기억하지 못한다. 먼저 옥상에서 떨어져 내리는 소녀 한 명. 그리고 잠시 후 소리 없이 건물을 뛰쳐나오는 소년 넷. 넷은 컵에 담긴 물처럼 왈칵 건물에서 쏟아져 나오더니 먼저 내려와 있던 소녀를 보고 멈춘다. 몇 초에 한 번씩 지지직거리는 내 시야는 그리 선명하지 않다. 그들이 누구인지 분간할 수는 없지만, 네 사람이 건물 앞에서 주춤주춤 뒷걸음질을 쳐 사라지는 모습은 분명히 볼 수 있다. 이제 건물 입구에 가려 넷의 모습이 다 잡히지 않는다. 그러나 잠시 후 그중 누군가 손을 귀에 가져다 대고 건물 입구 주변을 서성거리는 모습이 나타난다. 곧이어 셋도 뒤에서 다시 모습을 드러내 앞쪽의 소년을 바라본다. 5분 뒤, 성난 구급차가 달려와 선다. 그때까지 넷은 소녀에게서 멀찌감치 떨어진 채 이쪽저쪽으로 걸음을 옮기다가, 한 명이 교복 셔츠를 벗어 들고 소녀에게 다가가 지혈을 시도한다. 그러나 이미 그것은 지혈이 아니다. 셔츠는 시신 위에 덮은 흰 천과도 같다. 그리고 떠나는 구급차. 내가 본 것은 여기까지다.

"미친 새끼."

동우가 떨리는 목소리로 말했다.

우리는 아래로 내려가라는 동우의 외침에 계단을 뛰어 내려갔다. 맨 앞에는 동우, 그 뒤로 호제, 그리고 주저앉아 헛구역질을 하던 남순의 팔을 잡고 내가 나왔다. 눈앞에 펼쳐진 광경은 내 인생 중 가장 끔찍한 장면이었다. 이것은 영화도 드라마도 아니었다. 내 상상 속도 아닌, 이것은 현실이었다. 그러나 영화나 드라마, 상상보다도 현실성이 없는 순간이기도 했다. 누가 뭐라 할 것 없이 우린 동시에 뒤로 물러섰다. 차마 건물 밖으로 나갈 수가 없었다. 누구라도 마찬가지였을 것이다. 건물 밖, 피로 방울진 흙구슬들을 보고 누가 감히 그곳으로 발을 디딜 수 있을까. 수아의 몸에 미동이 있었는지 없었는지, 아무도 확인하지 못했을 것이다. 그 모습을 보는 동시에 우리 모두 고개를 돌려 버렸으니까.

무서운 침묵이 잠시 우리 주위를 감쌌다. 우리만 이 세상이 아닌 다른 공간 속으로 빨려 들어온 것 같았다. 호제의 얼굴은 파랗게 질려 있었다.

"자살한 거야."

처음엔 귀를 의심했다. 남순은 계속 구석에서 구역질을 하고 있었다. 내가 제대로 들은 것이 정말 맞는지 혼란 속에 빠져 있을 때, 바로 그거라고, 제대로 들었다고 확인해 주듯 호제의 큰 목소리가 다시 귓가를 때렸다.

"자살한 거라고! 알겠어?"

호제는 하필이면 남순의 어깨를 마구 흔들어 대며 소리치고 있었다. 나와 동우는 꼼짝도 할 수 없었다. 무궁화 꽃이 피었습니다 놀이라도 하는 양, 지금 조금이라도 움직이면 누군가 우리를 잡아낼 것만 같았다. 눈물범벅의 남순은 호제의 힘에 결국 속을 게워 내고 말았다. 남순은 호제의 말이 들리지 않는지 떨리는 손으로 주머니에서 휴대전화를 꺼내 들었다. 호제가 남순의 휴대전화를 낚아챘다.

"뭐, 뭐 하는……."

"야, 김남순, 방금 수아 자살했어. 알아들어? 제 발로 떨어졌다고."

남순은 호제를 쳐다보지도 않았다. 그 손에 들린 휴대전화에만 시선이 박혀 있었다. 호제는 휴대전화를 든 채로 남순이의 두 뺨을 움켜쥐었다. 그제야 남순이 마구 눈물을 흘리며 아이 같은 얼굴을 끄덕였다. 그저 무작정 고개를 끄덕이며 호제의 손에서 휴대전화만 빼낼 뿐이었다. 호제는 멍한 얼굴로 남순에게 휴대전화를 넘겨주었다. 남순은 후들거리는 다리로 비틀비틀 일어서더니 곧장 전화를 걸었다. 내가 그런 남순의 뒤를 따라가려는 순간, 호제가 내 앞을 막아서며 미친 사람과도 같은 눈으로 동우와 내 어깨를 동시에 잡았다. 그 눈빛……. 자살한 거야. 자살한 거야. 너희 이상한 소리 했다가는 죽을 줄 알아. 호제의 목소리만이 텅 빈 건물을 돌고 돌아 계속해서 내 귀에 맴돌았다. 호제는 미쳤어. 머릿속에는 그런 생각밖에 떠오르지 않았다. 수아를 따라 올라탄 구급차 안에서 나는 내 손과 교복에 묻은 피를 내려다보았다.

수아가 자살했다고? 아니, 수아는 너희가 죽였어.

피가 춤추듯 공중에 떠올라 꿈틀거리며 나에게 말을 걸어왔다. 그때였다. 내가 호제의 뜻에 따르겠다고 결심한 것은.

2. 동우

동우는 방 안에 있었다. 몇 번이나 휴대전화의 버튼을 눌러 보고, 다시 눌러 보았다. 손에 온통 땀이 배어 나와 휴대전화가 손 안에서 빙글빙글 돌았다. 형사가 문을 두드리고 들어섰을 때, 동우는 도망치지도, 난폭하게 굴지도 않았다. 그저 휴대전화를 꼭 쥔 채 떨고 있었다. 형사가 다가오는 순간 동우는 마음속에서 피어오르던 불안이 사라지며 구원받는 기분을 느꼈다. 묘한 기쁨과 후련함에 눈물이 나왔다. 동우는 휴대전화를 스르륵 놓아 버렸다.

3. 호제

길 위에 마구잡이로 놓인 쓰레기봉투들 위로 몸이 쓰러졌다. 호제는 숨을 가쁘게 내쉬었다. 후욱, 후욱. 그럴 때마다 역한 쓰레기 냄새가 입안으로 들이닥쳤다. 콜록콜록 기침이 나왔다. 형사가 호제의 손목에 수갑을 채우며 뭐라고 연신 떠들어 댔다. 그러나 격한 저항의 몸짓에 쓰레기봉투가 커다란 잡음을 만들어 내어, 호제에게는 그 소리가 닿지 않았다.

4. 남순

 밝은 조명 아래 남순이 앉아 있었다. 남순은 끝없이 흐느껴 울고 있었다. 이미 엉망이 된 얼굴에 하얗게 질린 손. 얼마나 쥐어뜯었는지 머리칼도 멀쩡하지 않았다. 형사들 몇몇이 주위를 바쁘게 오갔지만 남순은 주위 사람들은 아랑곳 않고 계속해서, 계속해서 억눌린 소리를 내며 울었다. 그런 남순에게 한 중년 여성의 발이 다가섰다.

5. 아든

아든은 가만히 앉아 있었다. 떨지도, 화를 내지도, 울지도 않고 그저 고개를 숙일 뿐이었다. 그 위로 형사의 말이 쏟아져 내렸다.

"너희 중 하나가 자백했다. 네 입으로 다시 말해 봐. 정말 자살한 거 맞아?"

아든의 눈이 잠시 일렁였으나 입은 꾹 닫힌 채였다. 무어라고 더 다그치려던 형사는 잠시 멈추고 한숨을 쉬었다.

아든에겐 반성의 기미도 보이지 않았다. 거짓 증언, 반성 없는 모습. 이 괘씸함에 누가 분노하지 않을까. 더 이상의 다그침도 소용없을 것 같았다. 형사는 품에서 공책 한 권을 꺼내 탁자에 올려놓았다. 그래도 아든이 바라보지 않아, 어쩔 수 없이 이번엔 아든의 코앞까지 공책을 쓱 밀었다. 아든은 고개를 옆으로 돌렸다. 형사는 아든의 턱을 움켜잡아 다시 정면으로 돌린 뒤 공책을 들어 억지로 눈앞에 가져갔다. 노란색 공책이 아든의 눈앞에서 흔들렸다. 아든은 떨리는 손으로 공책을 받아 들었다.

×월 ×일. 우울한 날에만 일기를 쓰다 보니 어느새 내 일기장에는 슬픈 이야기만 가득하게 되어 버렸다. 생각하면 좋았던 때도

있었을 텐데. 그래서 이 공책에는 좋았던 일을 적어 보기로 했다.

아든은 페이지를 넘겼다. 일기는 대체로 짧고 명료했다.

×월 ×일. 그 애가 말을 걸었다. 난 꺼지라고 했다.

×월 ×일. 우리 반 아이가 내게 사과를 했다. 사과해야 할 사람은 그 애가 아닌데. 기분이 이상했다.

×월 ×일. 친구가 집에 놀러 온 건 정말 오랜만이다. 처음엔 좀 어색했지만 나중엔 진짜 즐거웠다. 둘과 함께 있으면 가끔 그 일이 있기 전 다른 친구들과 있을 때보다 더 편하고 즐거운 기분이 든다. 두 사람도 그 사실을 알까? 아마 절대 모르겠지. 나한테 엄청나게 잘못한 것처럼 미안해하고 있으니까. 이미 오래전부터 그럴 필요가 없어졌다는 걸 그 둘은 모를 거다.

×월 ×일. 그 애들은 내가 엄청 신경 쓰이나 보다. 매일 옆얼굴로 따가운 시선이 느껴진다. 너무 웃긴다. 나도 둘한테 뭔가 해 주고 싶어서 과자를 사 주었다. 결국엔 그날도 도움을 받고 말았지만. 졸업하고 나서도 계속 이렇게 지낼 수 있을까? 그랬으면 좋겠다.

"추가로 발견된 학생 일기장이야. 어머니가 발견하시고 몇 시간 전에 가져다주셨지. 이걸 건네시면서 너와 남순이에겐 고맙다고…… 상처받지 않았으면 좋겠다고 하셨어."

툭, 아든의 손에서 힘이 빠지며 일기장이 테이블로 떨어졌다. 그 바람에 일기장은 다시 닫히고, 그러자 노란색의 표지가 아든의 눈에 잡혔다.

투두둑, 조용한 조사실 안에 갑자기 종이 두드리는 소리가 울려 퍼졌다. 아든의 눈에서 갑작스럽게 눈물이 쏟아지기 시작했다. 아든은 소리도 내지 않고 눈물을 떨구었다. 눈에서 밀려 나오는 눈물 탓에 몸이 힘겹게 꿀렁였다. 아든은 가슴 앞에 놓인 공책을 끌어안고 나오지 않는 소리로 눈물을 흘렸다. 손이 하얗게 질릴 정도로 힘을 주고, 마음껏 괴로워했다.

소리 없이 눈물을 흘리는 아든의 머릿속으로 수아의 목소리가 들려왔다.

"그 여자는 어쩌면 누군가 자기 일기를 읽어 주기를 바라지 않았을까?"

그제야 그 이야기의 마지막 장면이 떠올랐다.

마지막에 그 여자는 말이야, 아주 높은 빌딩 위로 천천히 걸어 올라가. 그러고는 거기서 자기가 적었던 모든 것을 날려 보내지. 모두에게로. 종이는 하늘하늘 세상을 날고, 여자는 빌딩 바닥에 앉아 미소를 지어.

지금의 너처럼.

작가의 말

우연히 알게 된 한 이야기가 있습니다. 오래전 학창 시절에 학교 폭력을 당한 친구가 스스로 세상을 떠났다는, 친구가 떠난 이후 살아가는 것이 너무나 힘들다는 어떤 사람의 이야기였습니다. SNS를 보면 그때의 가해자들은 지금 모두 잘 살고 있는데 자신은 그저 SNS를 삭제하고 보지 않으려 노력하는 것밖에 할 수 없다는 말이, 제 마음에 남았습니다.

그때 느낀 안타까움을 토대로《가해자는 울지 않는다》를 쓰기 시작했습니다. 누군가에게 익숙한 일이 누군가에게는 결코 익숙해질 수 없는 일이고, 누군가는 기억조차 못할 일로 누군가는 끝나지 않는 고통 속에 괴로울 수 있다는 것을 말하고 싶었습니다.

우리는 누구도 될 수 있습니다. 소설에 나오는 아든이가 그랬던 것처럼 자신도 모르는 새에 방관자가 될 수도 있고, 가해자 또는 피해자가 되어 있을 수도 있습니다. 우리는 누구나 무엇이든 될 수 있습니다. 독자 여러분은 지금 '누구'인가요? 학교라는 거대한 물결에 휩쓸려 어느 새인가 '누군가'가 되어 있지는 않은가요? 청소년 여러분이 물결을 헤쳐 나가며 진정으로 바라는 자신의 모습을 찾아내, 마음 놓고 울고 웃을 수 있기를 바랍니다.

끝으로 저의 첫 작품이 세상에 나올 수 있도록 도와주신 다른 출판사 분들과, 많은 응원을 보내 주신 분들에게 감사 인사를 드립니다.

성실

오늘의
청소년
문학
26

가해자는 울지 않는다

초판 1쇄   2020년 1월 1일
초판 3쇄   2023년 5월 4일

지은이   성실

펴낸이   김한청
기획편집 원경은 차언조 양희우 유자영 김병수 장주희
마케팅   현승원
디자인   이성아 박다애
운영   최원준 설채린

펴낸곳   도서출판 다른
출판등록 2004년 9월 2일 제2013-000194호
주소   서울시 마포구 양화로 64 서교제일빌딩 902호
전화   02-3143-6478 **팩스** 02-3143-6479 **이메일** khc15968@hanmail.net
블로그   blog.naver.com/darun_pub **인스타그램** @darunpublishers

ISBN   979-11-5633-274-9 44810
       978-89-92711-57-9 (세트)